El
OJO
DEL
ABISMO

MW01600915

EN EL
OJO
DEL
ABISMO

DAMIAN G. · JENNIFER MARROQUÍN
LYDIA MARTÍNEZ · ASAEL DE ÁVILA
UIS FERNANDO RANGEL · MARIO ALCALÁ

 **HUARGO**
EDITORIAL

En El Ojo Del Abismo

ISBN: 9798319044730

© 2025 Damian G., Jennifer Marroquín, Lydia Martínez, Asael De Ávila, Luis Fernando Rangel, Mario Alcalá

© 2025 Huargo Editorial

Edición: Rafael A. Leyva, Jorge López Landó, Óscar Armando Rascón

Diseño y maquetación: Óscar Armando Rascón

Lago Tangañica 5391

Los Lagos, 32360.

Ciudad Juárez, Chihuahua.

www.huargoeditorial.com

ÍNDICE

La República Popular de los Gatos

Luis Fernando Rangel

Me gusta que te detengas a escucharme, quieto como un adorno.

Juan Villoro

E SA MAÑANA HIZO FRÍO. En la televisión pasaba el noticiero en donde un hombre comentaba la necesidad de hacer algo después del sismo que sacudió el centro del país semanas antes. Era octubre. Desde la cama repasaba una a una las palabras del comentarista.

Debemos hacer algo, decía, *no podemos ir por ahí construyendo hogares que al primer temblor se vengan abajo.*

Marina se levantó de la cama y se dirigió a la ventana. Temblaba. En los cristales se dibujaron pequeñas nubes de vaho. Sobre la calle caía una ligera llovizna. Afuera estaba vacío, sobre la avenida sólo las casas; parecían un muro interminable. Vivíamos al sur de la ciudad en una de las casas más decentes de un fraccionamiento de interés social a medio construir, pero que poco a poco cobraba mala fama por estar en la periferia.

Por eso, cuando Marina se asomó por la ventana, sólo pudo ver el auto del vecino, un Datsun tan viejo que me recordaba a los Dacia 1300; y

3

a Marx, el pequeño perro que rondaba siempre por el vecindario y era alimentado por todos, agazapado debajo del auto. Lo demás estaba en calma. Todas las casas estaban grises, húmedas. Apenas tres días antes se habían pronosticado altas temperaturas, pero aquella mañana el sol se escondió detrás de un montón de nubes.

Mientras yo temblaba enredado entre las cobijas, Marina daba pequeños brincos de felicidad. De pie, frente a la ventana, recordó los días infantiles. Decía que allá en su país —uno muy pequeño del cual casi nunca hablaba, porque dejó de existir hace un par de años— los días fríos eran los únicos en los que podía salir a la calle sin miedo. En ese entonces su país se encontraba bajo una dictadura militar y el General solía cancelar las actividades cuando bajaban las temperaturas: los soldados regresaban a los cuarteles y los policías hacían trabajo de oficina. El General amaba las playas y vestir siempre de guayabera.

Marina comenzó a dibujar sobre la ventana un mapa de su extinto país. Tensó el índice y lo deslizó por el cristal.

—Esto —me dijo señalando un punto casi en la orilla del dibujo—, era la capital.

Luego continuó las indicaciones como si fuera una estratega militar. En su voz había algo similar a la nostalgia, una mezcla entre la tristeza y la añoranza.

—Por este camino se llegaba a la sierra y ahí era donde regularmente descansaban los golpistas. Todo mundo lo sabía. Por eso los detuvieron y los fusilaron.

A Marina le gustaba ese extraño juego: imaginar la casa como un cuartel secreto de alguna guerrilla desde el cual planeábamos un ataque para derrocar al gobierno en turno. Luchábamos contra la tiranía. Afuera llovía y adentro Marina pensaba en las tácticas perfectas para no ser descubierta. Sin duda había que aprovechar los días de lluvia y atacar, así como lo habían hecho cuando lograron el golpe de Estado contra el General.

Desde un principio habíamos acordado implícitamente los términos del juego. Ella se encargaba de la planificación y yo de la seguridad. Por eso cuando se metía a bañar me dejaba cuidando la puerta para prevenir el posible ataque de un grupo paramilitar. No quería morir fusilada. En cambio, el único ataque que sufríamos era el de Camilo, el gato, llamado así por su padre, uno de los tantos golpistas muertos.

Esa mañana Marina se metió a bañar dejándome al pendiente de la seguridad. Sin embargo, el ataque no llegó. Cuando salió de bañarse lo primero que dijo fue que desde el día anterior no había visto al gato. Yo me encogí de hombros.

—Es un gato —dije—, volverá pronto.

Pero Marina se impacientó. Mientras yo mantenía la mirada fija en la puerta, ella paseaba los ojos por toda la habitación. Se tropezó, primero, con los calcetines usados que había arrojado junto al buró la noche anterior, después, con el espejo sucio. No volvió a decir más. Arrojó la toalla sobre la cama y comenzó a vestirse.

Esa tarde el gato no apareció. Encontramos el plato de comida intacto. Ni siquiera los intrusos se atrevieron a comer; ni los perros que paseaban por la calle, ni los gatos que a veces llegaban por un par de días y luego se marchaban. Marina comenzó a pensar que quizá Camilo se había ido con la misma facilidad con que lo encontramos. Llegó una tarde de sol y se echó sobre el tapete de bienvenida que compré en un remate de la tienda departamental donde trabajaba y ya no se fue, entonces decidimos adoptarlo.

A Marina le gustaban los gatos desde que era niña. A mí comenzaron a gustarme desde que me acostumbré a ella y su colección de gatos de porcelana que reposaba sobre el peinador. De todos ellos, su favorito era el segundo: uno negro que le había regalado su madre el día en que asesinaron a su papá. Ese gato era el más feliz de todos. Entre sus garras sostenía una bola de estambre como si estuviera deteniendo al mundo.

Ya para la noche, la preocupación fue mayor. Marina se sentó cerca del peinador y comenzó a limpiar los gatos de porcelana. Después de un largo silencio, habló. Me contó la historia de cómo se fue haciendo de cada uno de ellos. Paseaba la mirada por el suelo y luego la regresaba a las figuras de porcelana. Después pasaba el pedazo de tela sobre el cuerpo de los animales para lustrarlos.

El primero, me dijo, se lo regaló su padre cuando tenía seis años. En ese entonces el gobierno no permitía mascotas y ella encontró el consuelo de la compañía en aquella figura. El décimo se lo había regalado un exnovio, el primero que le habló de matrimonio. El séptimo lo compró en un viaje a Europa, el único que había hecho. El vigésimo lo compró en la subasta de las pertenencias del General una vez que cayó la dictadura, ese le parecía una reliquia, ¿quién se iba a imaginar que al General le gustaran los gatos cuando él mismo prohibió las mascotas?

Al día siguiente, Marina despertó antes del amanecer. Esa mañana no se metió a bañar. Se limitó a cambiarse de ropa. Yo hice lo mismo. Mientras me mantenía sentado en la cama, ella salió a dar un vistazo sobre la calle. El sol salió sólo para ocultarse detrás de las nubes. Otra vez. Ese día no vio el viejo auto ni al perro vagabundo. Camilo no estaba. Marina entró a la casa y se arrojó sobre la cama. Ni siquiera volteó a verme. Apretó los puños y comenzó a golpear el colchón. Guardé silencio hasta que ella se atrevió a decir algo.

—No debiste dejar la puerta abierta —me reclamó.

Las palabras a veces quieren decir otra cosa.

No respondí. Fijé la mirada en la puerta y luego en el espejo, que seguía sucio. Me levanté de la cama y me dirigí a la colección de gatos de porcelana.

—Si tan sólo hubieras tenido cuidado —volvió a hablar.

Olvidamos todo. Lo más importante en ese momento fue culparnos por el incidente. Ella hacía una rabieta sacudiendo sus brazos con fuerza y gritando la mayor cantidad de insultos posibles. Yo sólo la miraba, con los ojos grandes y la boca apretada, mientras pensaba en Camilo, un gato más bien torpe, al que con frecuencia teníamos que ayudar a bajar del techo y de las cortinas, que trepaba inútilmente.

—Si tan sólo hubieras tenido cuidado —repitió.

Decía cada palabra lentamente, repasándola, paseando la lengua entre los labios y los dientes, como si en realidad quisiera decir otras palabras, unas que no se atrevía a pronunciar por amor, odio o pudor, o tal vez por una mezcla de todas las sensaciones.

Conforme comenzamos a culparnos, los reclamos pasaron de la mascota a nuestra relación. Después de recordar dos o tres incidentes con el gato, mencionó la última discusión. Luego se quedó callada, encogió la nariz y apretó los ojos.

Recordé aquella tarde en que discutimos por primera vez. Hacía sol. Era septiembre. Las ventanas estaban abiertas y la luz llenaba cada rincón.

Sobre el peinador, los gatos. Marina estaba recostada en la cama. Esa tarde compró un nuevo gato pese a que ya no había espacio en el peinador. Claramente molesto, le reclamé que agregara un nuevo integrante a la colección.

No me importa lo que pienses, respondió.

Dejó el gato sobre el buró. Entonces, desbordado en el enojo, lo tomé para arrojarlo al piso, rompiéndolo. Ella lloró. Se cubrió el rostro con las manos y se revolvió en la cama.

—¿Al menos me estás escuchando? —preguntó.

Recordé la tarde en que me dijo que se sentía rota.

Cuando rompes algo y luego lo reparas, ya no queda igual, sentenció.

Lo comprobé a la mañana siguiente, cuando pegué al gato pieza por pieza, hasta dejarlo completo. Tenía razón, no estaba igual. Pese a eso seguía formando parte de la colección. No lo tiró porque dijo que ese gato le recordaba cada una de sus heridas.

—Escúchame, puta madre... bueno, contigo no se puede hablar —dijo, y se fue.

Al caer la noche, Marina y yo volvimos a discutir. Al terminar el reclamo, se abalanzó sobre mí con toda la furia contenida, producto de las pequeñas peleas cotidianas, con los ojos desbordados en llanto, pero en su carrera, tropezó y se cayó al suelo, quebrándose en un montón de pedazos.

Esa noche ya no llovía, pero las casas continuaban húmedas. Vi el espejo sucio y me acerqué a limpiarlo con la manga del suéter, y cuando estuvo limpio puede ver el reflejo de las manchas de la pared, pequeñas gotas de pintura que salpicaron cuando pinté el techo. Después, al repasar mi rostro, descubrí unas profundas ojeras. Me asomé por la ventana, como ella el día anterior, y no vi el carro ni al perro. La calle estaba completamente sola. Únicamente esperaba que Camilo no hubiera corrido con el mismo destino que los golpistas. Regresé a la cama para acostarme y escuché el ruido del motor del carro del vecino y los ladridos de Marx. Recordé el día en que Marina comenzó a bautizar a los gatos. Ahora no me quedaba sino detenerme a pensar en el nombre para el nuevo maniquí de mi colección que la supliría.

Pitzotl

Damian G.

A mi abuela, doña Gonzala. Tu valentía perdurará por
generaciones. Descansa en paz.

ABSORTA EN LA CONVERSACIÓN, mi madre ignoraba la profunda oscuridad de la noche. Con el sereno en nuestros pies y el canto de los grillos, finalmente observó la hora. Se despidió abruptamente de su comadre y tomó mi mano con fuerza. Como era habitual, había vendido todos los panes de la canasta, aunque eso le significaba caminar entre las calles del pueblo hasta el anochecer.

—Ay, mija, ya se nos hizo tarde —mencionó angustiada.

Los caminos de tierra carecían de luces y anduvimos entre la penumbra durante varios kilómetros. No era problema alguno para doña Gonzala, mi madre, quien conocía las veredas como la palma de su mano. Mientras volvíamos a casa, me relataba historias de su juventud e incrédulamente caía en sus distracciones.

Tras varias horas de camino, vislumbramos las luces titilantes en la entrada. Antes de atravesar las puertas de madera que daban paso a la vereda principal del rancho, unas pequeñas pisadas se escucharon entre la hierba alta.

—¡Largo de aquí!

Me estremecí ante la fuerza de su demanda. Ciega por la oscuridad del camino, la tenue luz no ofrecía una imagen clara.

Las pisadas avanzaron con lentitud.

—¡Te digo que te largues! —Se devolvió y seguí inútilmente la dirección de sus gritos— ¡Ésta es la última vez que nos sigues, desgraciada! ¡Déjanos en paz!

Entonces escuché un sonido del cual no estaba segura. Agudicé mi sentido y me horroricé de inmediato: era el gruñido de un cerdo.

—No tengas miedo, mija. No le vayas a dar la espalda.

Me sostuvo con mayor fuerza y tomó el machete que llevaba en su cintura. Alzando la hoja al aire, advirtió:

—¡Largo de aquí! ¡Nunca vas a tocar a mis hijos!

El animal chilló con mayor fuerza y corrió hacia nosotras. Intenté darme la vuelta para huir del terrible sonido, pero de hacerlo, ella hubiese robado mi alma. Me recobré de inmediato aferrándome al brazo de mi madre.

—¡Te lo advertí!

Soltó el golpe sobre el lomo de la bestia, incrustándoselo hasta las costillas. Ésta huyó ensangrentada mientras profería un sonido tan agudo que sentí desmayarme. El filo del machete se había impregnado en un líquido negro. Desprendiéndose del cuchillo, me obligó a correr junto a ella y llegamos a nuestro destino.

A la mañana siguiente se anunciaba en el pueblo la muerte de doña Consuelo. Una vieja señora conocida por vender gorditas de harina cerca de la iglesia. Se informó que la causa de su fallecimiento eran profundas heridas en su espalda que le abrieron el cuerpo a la mitad. Mientras escuchaba las pregonas del día, continuaba vendiendo panes en compañía de mi madre.

Al volver a casa, el sol aún iluminaba el día. Busqué el machete en la entrada de mi hogar y ahí lo encontré, mas la oscura sangre de la vieja Consuelo se había evaporado.

LA CRIATURA

Lydia Martínez

CUANDO ALEX ENCONTRÓ AQUELLA singular criatura y la trajo a casa me rehusé de manera tajante. Sólo con ver sus diminutos ojillos donde se reflejaba multiplicada mi imagen sentí náuseas. ¡Pero mira que tierno! Alegó cuando le pedí que se llevara esa cosa. No sé de dónde sacaste este animal, pero no lo quiero aquí, le dije con firmeza. ¡Eso mismo dijiste cuando Fer trajo a Tito y mira, ahora lo amas más que a nadie! Alex tenía razón; sin embargo, Tito era un pastor alemán y resultó ser un perro muy educado y buen guardián, pero esta bestia peluda me provoca ansiedad y temor. ¡Tito también es peludo y verás cómo van a quererse!

Pinky, como Alex lo nombró, terminó quedándose después de una acalorada discusión. Tito nunca lo quiso. Si le veía cerca aullaba de manera espeluznante y huía. A Fer le resultaba indiferente, aunque a veces hacía mofa de la repulsión que me producía. Yo odiaba cuando hacía eso, sin embargo, siempre contuve mi molestia.

La bestia salivaba de manera copiosa y me daba la impresión de que aquellas babas verdes eran venenosas. Solía arrastrarse por el piso haciendo rechinar la duela. Sentía un escalofrío recorrer mi espalda cada vez que escuchaba ese chirriante sonido. Por las noches mugía como vaca y sus ojos brillaban en la oscuridad como si se tratase de un espectro. Aborrecía encontrarme con aquella criatura. Nunca la vi durmiendo. Devoraba carne como un león y se desplazaba con cierta lentitud que desesperaba.

Se asemejaba a un zombi, deambulando como una maldición por los rincones.

Una madrugada, un estruendoso bramido me sacó de la cama. Bajé las escaleras con el corazón en vilo. Fue eterno el trayecto hasta el patio. El miedo me consumía. Corrí, pero sentí que mis pasos eran lentos. Escuché a Tito llorar como nunca. Corrí a su lado. Permanecía acurrucado dentro de su perrera. Temblaba y chillaba como un cachorro. ¿Lo picó algún bicho? Preguntó Fer quien apenas aparecía. ¡Ayúdame! Le grité. Tito era un perro grande, pesado y se oponía a salir de su casa. Al fin logramos sacarlo. Se me echó encima tembleque como si se tratara de un niño asustado. Sus patas me rodearon y sentí su agitado corazón latir sin control. Como pudimos, Fer y yo lo revisamos, pero no tenía ninguna señal de haber sido atacado, mordido o picado por nada. Abracé a mi perro y le sobé su cabeza mientras me cuestionaba qué era lo que le había sucedido. En ese momento sentí un repelús y la intensa mirada del monstruo aquel. Observaba la escena de manera siniestra pareciendo dibujar una macabra sonrisa en su hocico pues dejaba ver sus filosos dientitos como los de una piraña. ¿Qué le hiciste? Le grité a la bestia. Emitió un sonido aterrador. Sin pensarlo, pateé a la criatura. En ese momento apareció Alex gritando y defendiendo al esperpento. ¡No patees a Pinky, abusas de él, no ves que no puede defenderse, él no hizo nada! Aquella horrible experiencia desencadenó un gran pleito con Alex e hizo que Tito comenzará a decaer.

Los días transcurrieron y Tito ya no era el mismo perro alegre y ladrador de siempre. Se le veía triste en los rincones. Ya no quería comer ni jugar, ni salir de su casa. Lo llevé con el veterinario, pero de nada sirvieron las vitaminas y los medicamentos. Tito murió un viernes por la madrugada. Descubrí su cadáver el sábado por la mañana. Lo abracé y lloré hasta que los ojos se me cerraron de lo hinchados que se me pusieron. Mientras sostenía a Tito entre mis brazos observé a la criatura pasar por la cocina, altiva y tétrica. Me dio la impresión de que su apariencia había cambiado.

Desde que Tito murió tuve infernales pesadillas con esa criatura persiguiéndome. Una noche sufrí de parálisis del sueño o la subida del muerto como se le conoce comúnmente. Sentí que me hundía en la cama y que Pinky me arrastraba al infierno. Sentí su hedor a inmundicia y su sofocante aliento en mi cara. Un gran peso me asfixiaba. Cuando al fin logré moverme y abrir los ojos lo primero que vi fue esa mirada tétrica. La bestia se encontraba encima de mí. Pesaba mucho más de lo que hubiera imaginado. Enmudecí de miedo. Las manos me sudaban a pesar de que estaban heladas. No podía respirar. Sentí en verdad el abrazo de la muerte. La cosa esa me miraba con odio y desafío a la vez. Pensé que me mordería cuando mostró sus dientes. Sacó su lengua como si se tratase de una serpiente y lamió mis mejillas. Con las pocas fuerzas que me quedaron lo empujé. La criatura cayó al suelo. Alex entró y tomó a Pinky entre sus brazos. ¿Qué te están haciendo pequeño? ¡Ya deja de molestar a Pinky!

Desde que murió Tito mi salud se deterioró mucho. Vivía con un miedo que me atormentaba día y noche. Comencé a padecer migrañas. Enfermé de Covid y sufrí de mucha depresión acompañada de fuertes disputas con Alex a quien comencé a aborrecer con todo mi ser.

Una lluviosa mañana, le pedí a Fer de una vez por todas que me ayudara a exigirle a Alex que se fuera, que empacará sus cosas y se llevara su engendro. ¡Pero tú trajiste a Pinky, no lo recuerdas! ¡¿Y quién es Alex?! Me dijo con el rostro desencajado. En ese momento contemplé mi imagen reflejada en el espejo del comedor. Pinky saltó hacia mí y rodeó mi cuello con sus patas que parecían tentáculos. Comenzó a ahorcarme. Le grité a Fer pidiendo ayuda, pero no le vi por ningún lado. Mi corazón palpitó sin control, mis ojos casi salen de sus cuencas, la agonía me consumía en el frío vacío, sin poder derramar llanto alguno por la falta de aire, sentí mil puñales clavados en la garganta hasta que mi cuello tronó, fue entonces cuando la criatura me arrebató la vida.

Gajes del oficio

Mario Alcalá

LA CIUDAD ESTÁ CANSADA, ya no soporta más. El crimen, la suciedad, los pecados que escondemos en las sombras están acabando con ella , creo que va a morir pronto. Pero no creo que muera antes que yo.

Fumo el último cigarrillo de mi cajetilla mientras observo la agonía de la ciudad por la ventana de mi despacho: la calle que por años he observado esta cada día más solitaria, se podría decir que la lluvia nocturna ha espantado a la gente y es la razón de su soledad pero yo sé que no es así. A esta ciudad y sus calles, que son como arterias se le están acabando esos glóbulos rojos que le dan vida. ¿Será que va a morir de intoxicación, será que morirá de vieja? Odio quedarme con la duda.

Me alejo de la ventana mientras apago el cigarrillo a la mitad y lo dejo para más tarde en el cenicero de mi escritorio. Con el poco trabajo que he tenido en estos meses no puedo darme el lujo de desperdiciar medio cigarro en perfectas condiciones. Me doy por bien servido si tengo uno o dos casos al mes asignados por un esposo celoso o esposa que se cree engañada. Me he visto obligado a vivir en mi despacho de investigaciones, cuando el dinero falta uno debe improvisar y más si mi exesposa se lleva la mitad de lo que gano.

Ahora escucho unos pasos encaminándose a la puerta de mi despacho, el eco en los pasillos vacíos me dice que la persona viene con mucha prisa, apenas me dará tiempo de ponerme mi gabardina y sombrero, a la gente parece gustarle cuando su detective privado tiene apariencia de un Dick Tracy moderno.

La silueta detrás del vidrio ahumado de mi puerta se detiene, parece estar titubeando. Maldición, otro mes de pedir fiado en la fonda si ese individuo no me contrata. Un sobre manila se desliza por debajo de la puerta, en el momento que me toma verlo, el cliente se ha ido.

El sobre solo contiene una dirección y mis honorarios en billetes de quinientos pesos, no es la primera vez que alguien me contrata de forma anónima ni será la última, pero ¿cómo supo mi costo? ¿Tal vez algún cliente me recomendó? Odio quedarme con la duda.

Me encamino de inmediato a la dirección escrita en el papel, cargo mis binoculares, mi cámara; todo mi equipo de espiar. Para protección extra mi colt favorita. Pero al llegar a la dirección empiezo a sospechar que esto no es un caso de espionaje sino algo más. La casa a la que fui enviado parece estar abandonada desde hace mucho tiempo. Hay una reja de acero que rodea el frente, al intentar forzarla para entrar cedió fácilmente y provocó un estruendo que me hubiera delatado de haber alguien cerca. Entro a la que solía ser la sala de la casa con la colt como extensión de mi mano derecha y lo que me recibe es un cuerpo sobre el piso: un hombre vestido de traje, a su lado se encuentra un sobre manila, igual al mío, y un revolver.

Me pongo de rodillas para revisar sus bolsillos y en el saco encuentro un paquete de fotografías amarradas con hilo, al revisarlas me sorprendo de ser yo el personaje principal de esas fotos. Creo escuchar un estallido seco e inmediatamente siento el calor de mi sangre corriendo sobre mi pecho. Mientras se me escapa la vida a través de los chorros de sangre que escupo, trato de pensar quién puede estar interesado en matarme: ¿mi exesposa?, ¿mi amante?, ¿su esposo? Maldita sea, odio quedarme con la duda.

La casa en el olvido

Asael De Ávila

Diezmados tras una de las batallas más feroces, los sobrevivientes de la legión huían a través de las áridas colinas, habían perdido a muchos en el Mediterráneo. Se asentaron en un monte a descansar, buscando refugio antes que el enemigo los alcanzara, la guerra no había terminado en la costa.

Un olor a humo llamó su atención, casi anochecía. Avanzaron en su dirección y notaron que provenía de una casa sobre una pequeña colina, parecía ofrecer la única promesa de refugio en leguas. De pronto, escucharon el cantar de un hombre.

El capitán Caelithar, cuyo rostro estaba curtido por innumerables batallas, reunió a los supervivientes.

—Necesitamos descansar, pero no podemos arriesgarnos. Uno irá a tocar la puerta. Si hay peligro, los demás observaremos desde aquí.

Los soldados asintieron en silencio. Urelion dio un paso al frente a pesar de sus heridas. Avanzó hasta la puerta de madera y la golpeó suavemente, pero estaba abierta; dentro, un hombre vestido de luto arrojaba trozos de su cabello en una hoguera moribunda. Tenía la barba crecida, descuidada y sus ropas rasgadas. Miró al visitante con asombro y curiosidad. El brillo volvió a sus ojos cansados. Después fijó la vista en el papel donde, momentos antes, entonaba una canción.

La casa tenía el olor de la soledad.

—¿Quién eres? — preguntó el anfitrión. Su nombre era Teodoro.

—Mi nombre es Urelion, soy legionario y busco refugio por unas noches. Estoy herido; no tengo a dónde ir.

El hombre lo evaluó en silencio.

—Cuando me recupere podré devolverte el favor, ayudando en lo que me pidas —dijo el legionario.

El hombre le permitió entrar. Las paredes estaban manchadas de humedad, el fuego ardía en una vieja chimenea. El soldado se sentó junto al calor mientras el viejo le ofrecía un poco de agua. No hablaron aquella noche; Teodoro se limitó a mirarlo. Urelion decidió callar y esperar órdenes, no podía echar a perder la oportunidad de un refugio. Hacía mucho tiempo que no estaba dentro de una casa. El viejo leyó unos manuscritos de aspecto antiguo hasta quedarse dormido. Urelion aprovechó el sueño del hombre para informar de todo a sus compañeros de armas. El Capitán Caelithar le pidió convencerlo de darles refugio.

—Gracias por darme refugio. Hay... hay otros ahí fuera. Mi unidad. También están heridos. ¿Podrían... podrían quedarse aquí unos días?

El hombre lo miró fijamente, sus ojos reflejaban algo más profundo que simple juicio.

—¿Cuántos?

—Hoy, solo mi capitán. No queremos problemas. Solo tiempo para sanar y volver a la batalla.

Teodoro se tocó la barba como si lo pensara, pero en realidad ya había decidido. Después de tanto tiempo solo y olvidado por todos, la compañía no le sentaba mal. Había pedido ayuda a los dioses sin respuesta: esta era la primera vez en mucho tiempo que alguien ofrecía ayudarlo.

Urelion salió de la casa al caer la noche cuando Teodoro dormía. Hizo una seña a los legionarios que se escondían en la colina. Caelithar llegó a la puerta de aquel hombre y entró, una vez dentro, rompió la cerradura de la casa y se sentó frente al débil fuego. Los días siguientes, con la puerta rota, continuaron entrando, ocupaban la casa en un silencio tenso. Teodoro estaba confundido, sabía que no solo eran dos, pero su mente nublada no lo dejaba distinguirlos y comenzó a desconfiar.

Pronto descubrió que la balanza del poder en su propia casa se inclinaba en su contra. Los soldados, liderados por el capitán, tomaron el control sin pronunciarse abiertamente. El cambio fue gradual, casi imperceptible y cada día se volvió más difícil. Una noche, Teodoro se sentó junto al fuego y quiso avivarlo, decía plegarias para intentar aclarar su mente pidiendo la ayuda de los dioses; el fuego crepitó suavemente. Los legionarios, escondidos, susurraban. No podían dejar que el fuego y el humo alertaran de su ubicación al enemigo.

—Quiero que se vayan —dijo Teodoro.

Las palabras quedaron suspendidas en el aire y hubo silencio. Los legionarios salieron de sus escondites y acostumbrados a las órdenes miraron a su capitán esperando indicaciones.

—¡Atenlo fuerte! —dijo Caelithar.

Tomaron a Teodoro, lo ataron, le taparon la boca y lo arrojaron en un rincón. Los legionarios ocuparon cada rincón de la desvencijada casa. Festejaban y revolvían todas las cosas del individuo. Comenzaron a abrir puertas, a mover muebles y saquear rincones que habían estado intactos por años. Teodoro solo podía mirar desde el suelo cómo su hogar de toda la vida se enfilaba hacia la ruina. No podía entender cómo entraron tantos. El espacio era insuficiente para todos los soldados, acostumbrados a la estructura de una legión y a la fuerza bruta de la guerra. Comenzaron a perder la paciencia.

Un grupo de soldados quiso usar una habitación que Teodoro había mantenido cerrada desde el inicio. Allí guardaba los recuerdos de una familia que hacía mucho lo abandonó y un cofre con lo que quedaba de su pasado. Derribaron la puerta de un empujón. Cuando los soldados entraron, destruyeron todo sin intención de dañar, pero lo hacían, por su mera presencia y su naturaleza. Los recuerdos de Teodoro quedaron esparcidos por el suelo, insignificantes ante las prioridades de ellos, acostumbrados a la destrucción.

Teodoro intentaba gritar y manotear, pero de su boca amordazada solo salían lamentos incomprensibles y se agitaba para intentar desatarse. Los soldados lo golpearon ocasionalmente para hacerlo callar, entre el estruendo de risas, discusiones y pasos pesados llenaban lo que una vez había sido su refugio de paz. Tirado frente al fuego, que ya no era suyo, sabía que no podría expulsarlos solo. Ellos eran fuertes, sanguinarios y él apenas era una sombra de lo que alguna vez fue, no estaba dispuesto a aceptar ese destino. Si su fuerza física no bastaba, necesitaría algo más.

—Si tan solo un dios, uno solo de tantos a quien he rogado, me escuchara y me enviara ayuda, bastaría —susurraba Teodoro.

Entonces la luz comenzó a colarse entre las ventanas, creyó que era uno de tantos amaneceres, pero este era distinto. El ruido de un ejército marchando sacudió la casa. Los soldados se despertaron sobresaltados, tomaron sus armas y se amontonaron en las dos ventanas para ver. Afuera, por la luz sólo podían ver movimientos borrosos, pero sabían lo que era. Su alboroto, sus carcajadas, la violencia sin sentido y su fuerza desmedida los habían descubierto. Reconocieron la voz potente del general enemigo cuando dijo:

—¡Sal de ahí, esa casa no te pertenece, lo sabes!

Los legionarios comenzaron a discutir entre ellos. El capitán intentó mantener el orden, pero el miedo había tomado el control. En su desesperación, buscaban por dónde huir, convencidos de que quedarse en la casa solo significaba la muerte. Entre el pánico peleaban y discutían si debían responder.

—¡A callar todos! Yo hablaré —gritó Caelithar a sus soldados.

Teodoro miraba desde una esquina de la casa. La luz que se colaba por las ventanas lo llenaba de esperanza.

—¿Cómo te llamas? —resonó de nuevo la voz fuera de la casa.

—Me llamo Legión, porque somos muchos.

La bestia

Jennifer Marroquín

H éroes, villanos, todos aquellos cuentos de fantasía que en tiempos antiguos nadie podía creer, actualmente son una realidad, ya que ahora, todo gira alrededor de los admirables ultrahumanos.

Desde pequeño, siempre quise conocer a estos ídolos, aunque nunca creí convertirme en uno de ellos. No, más bien, en una aberración. No un héroe o un villano, sino un adefesio de la naturaleza. No dejaba de preguntarme, ¿en qué podía servir así a la humanidad?

Las noticias se hallaban repletas de estos ultrahumanos que arriesgaban sus vidas para salvar a extraños con sus increíbles poderes. ¿Acaso nadie temía por los villanos? Yo me hallaba aterrorizado, al menos no se observaban en nuestro entorno, sino en urbes más grandes como la Ciudad de México. De todas formas me inquietaba que un ser malvado pudiera llegar a matarnos algún día.

He sufrido agresiones por parte de mis compañeros de clase, debido a eso soy muy solitario, sin amigos y sin novia.

El avance tecnológico era mi fascinación. Imaginaba ver todas esas armas fabricadas con alta tecnología y era espléndido. Después de mucho insistir, logré ser contratado por la compañía encargada de fabricar armas nucleares peligrosas. Necesitaba tener una en mis manos, sentir de qué fueron hechas, saber cómo estaban construidas. Lo que hice fue ilegal, lo sé. Tuvo consecuencias. Luego de varios meses, me hice amigo de un empleado del almacén, y en un descuido, me apropié de su tarjeta de identificación para colarme a la bodega.

El almacén se encontraba solo, con muchas cajas apiladas cargadas de maravillosas armas. Toqué una por una. Sospeché que las armas estaban fabricadas con un material inexistente en nuestro mundo. Resultaba difícil para un ser humano crear un arma de tal magnitud. No debían pertenecer a la Tierra.

Mi instinto científico salió a flote. Tomé un arma de las cajas, fui a un espacio más abierto y saqué las herramientas que traía conmigo para desarmarla. Quería ver su contenido. La capa externa estaba hecha de kevlar liso, cuando pude retirarla, su textura cambió; era de un material resistente. Tardé un par de horas en romperla, y al hacerlo, soltó un polvo blanco. Afortunadamente tenía cubiertos las manos y el rostro, después pude comprobar que el polvo era altamente tóxico.

Tras desarmar el arma encontré una especie de jeringa que contenía un líquido morado y fosforescente. Lo guardé en una caja especial, así evitaría que se rompiera o se derramara. Seguí inspeccionando el arma encontrando unos balines en fila, al parecer hechos de plomo y otro material desconocido para mí. Supuse que eran municiones. Las guardé en otra caja especial para no denotarlas.

Después de hurgar durante varias horas, mi detector de calor comenzó a pitar. Lo sostuve intentando ver de dónde provenía, aunque la única mancha de calor era la mía. Sostuve el aparato por unos minutos antes de comenzar a guardar el desastre en el suelo.

Varios pasos sonaron por el recinto. Recogí todo con rapidez. Posiblemente ya se habían dado cuenta de que estaba ahí. Corrí a una de las cajas para resguardarme hasta tener el momento oportuno para escapar.

—¿Por qué te escondes? —dijo una voz rasposa. Era como si hablara en una habitación vacía, producía un pequeño eco—. ¿No quieres hablar conmigo?

No dije nada. Incluso intenté guardar silencio al respirar aunque no fuese sencillo. Era primordial no dar mi posición. Sentí el ambiente cada vez más pesado. observé el radar. Aún seguía sin indicarme alguna presencia de calor.

—¿Qué haces? ¿Por qué te escondes de la bestia?

¿Bestia? ¿A qué se refiere con 'bestia'? Quizá al fin un villano le intereso esta insignificante ciudad. Si así era, ojala que a algún héroe le haya interesado también.

—Héroe, villano —dijo la voz—. Soy algo que ellos no pueden tocar.

¿Leyó mi mente? ¿Cómo? Aunque en los tiempos en que vivimos no debería sorprenderme.

—Estoy muerto —dije para mí—, totalmente muerto.

—No estás muerto, pero si quieres estarlo, te daré una probadita, humano.

No me dio tiempo de gritar, de huir, de llorar. Solo vi una luz brillante y sentí mi cuerpo arder. De lo único que alcancé a ver de 'la bestia' fueron sus ojos rojos y brillantes como luces de Navidad. ¿Por qué lo relacione con la Navidad? Nunca lo supe.

Cuando recobré la conciencia me encontraba en una camilla. Los médicos iban y venían. Volví a caer en un sueño. Todo de nuevo oscureció. Entre la negrura y la luz, pude ver de nuevo esos focos rojos de Navidad.

Desperté asustado, con varios cables conectados a mi cuerpo. No sabía si seguía soñando o me encontraba despierto. Mi mamá dormía sentada en un sillón, se veía como si llevara varios días en él. Intenté hablarle. Mi voz no salió. Recordé de nuevo esos ojos. Un escalofrió recorrió mi cuerpo. En el soporte donde se coloca la sangre o en todo caso, el suero, sostenía una bolsa con un líquido morado fosforescente, idéntico al del arma de antes. Seguí el tubo por donde pasaba ese líquido. ¿Para qué lo utilizaban? El tubo se dirigió hasta mi brazo. Todo pareció detenerse en ese instante. ¿Por qué esta esa cosa entrando en mi cuerpo? ¿Por qué estoy aquí? Mi pulso se aceleró, la boca se me secó. Me costaba respirar. Al parecer el aparato que medía la frecuencia cardiaca alertó a todos los médicos. Solo escuché un pitido a lo lejos y pude ver a los médicos entrar. Mi mamá hablaba pero no la escuchaba, solo podía ver ese líquido entrar en mi cuerpo y escuchar esa voz rasposa: *No estás muerto, pero si quieres estarlo, te daré una probadita, humano.*

—¿Qué me pasa? —dije al fin. Mi madre me vio fijamente, con sus ojos repletos de lágrimas.

—No es tan malo, querido.

Eso fue lo único reconfortante que escuché después de la explicación de los médicos. El líquido misterioso color morado era la energía responsable de hacer que las armas funcionaran en todo su esplendor. Cargas de energía desconocidas en el almacén provocaron la explosión de las armas. Al estar tan cerca, ingerí el polvo venenoso, mientras varios pequeños pedazos, cargados con el líquido misterioso, se me incrustaron en la piel. Todo eso, más la radiación, hizo que mi cuerpo asimilara el líquido como parte suyo. Ahora era imposible vivir sin eso. Como si la sangre fuera remplazada por el material fosforescente. Mi cuerpo ya no sería el mismo. No quería ser uno de ellos, y claro que no lo era. Un adefesio, eso era, o quizá una marca permanente de las consecuencias del ser humano al decidir cometer una acción ilegal. Solo era eso. Un adefesio.

Mis padres decidieron ocultarme y no decir nada sobre los poderes que adquirí. Para mí estaba bien. El incidente apareció en las noticias, por todos lados. "Un joven imprudente se mete en un almacén lleno de armas altamente peligrosas". Eso eran en resumen, los titulares de la mayoría de los periódicos o noticias. "Solo un accidente", decían mis padres, "él ahora se está recuperando". Solo eso, nada más. Para el mundo era un tonto, pero un tonto con mucha suerte y tenían razón, solo que era un tonto, mutado, con mucha suerte.

Cada vez que demostraba algún poder en la casa por accidente, mis padres me veían con lástima, sus miradas decían "yo no pedí este hijo, yo no pedí esto". Pero lo único que salía de sus bocas era "intenta controlarlos, no queremos problemas".

La noticia se esparció rápido. Todavía no controlaba del todo 'mis poderes', que para mí, eran defectos. Encendía y apagaba los aparatos electrónicos, hackeaba cuentas de forma involuntaria, escuchaba de vez en cuando radios de policías e incluso hacia llamadas sin querer. Esos eran los mayores problemas. Cada día me encerraba más tiempo en mi habitación.

Finalmente llegó un día de nevada intensa y se suponía que viajaríamos para ir a la casa de un familiar por las épocas navideñas, ya que estaban a la vuelta de la esquina, pero debido 'a mis problemas', como decían mis padres, tuvieron que cancelar todo. Así que nos quedaríamos en casa, aún así, mis papás decidieron salir, me dijeron que irían por víveres aunque sabía bien que irían a visitar a la tía Celia. Últimamente evitaban salir conmigo.

Me abrigué bien y prendí la computadora para comenzar a buscar noticias. Ya ni siquiera tenía que poner las manos en el teclado, con solo quererlo, lo buscaba; esa parte era grandiosa. Esta vez era el turno del ultrahumano Horus. ¿Qué es lo que has estado haciendo?

—¿Me pregunto si algún día me necesitarán? —dije en voz alta—. Claro que no, alguien tan miedoso como yo no sirve en nada.

Indagué más profundo. Quería entrar a sus computadoras, a sus celulares, saber más sobre ellos. La luz de los focos se apagó. Intente prenderlos de nuevo, era inútil. Seguí trabajando pero algo dentro de mí, como un presentimiento, hizo que volteara a la ventana. Ahí estaba, el engendro de ojos navideños. Solo lo vi por unos momentos antes de que desapareciera entre la ventisca. Poseía largos y gruesos cuernos de venado, sus piernas median unos siete metros los cuales se doblaban como si fuera invertebrado, y esos inolvidables ojos rojos brillantes. Todo él era una silueta oscura.

Bajé las escaleras corriendo para cerrar todas las puertas y ventanas. Cuando terminé, me sentí un poco aliviado aunque con duda sobre alguna puerta olvidada. Caminé hasta la sala para cerciorarme de que la puerta principal estuviera cerrada y ahí lo vi, sentado en mi sillón, balanceándose hacia adelante y hacía atrás, con esos ojos del infierno mirándome fijamente.

—Hola de nuevo —dijo sonriendo, mostrando una dentadura afilada. El cuerpo se me congeló.

—¿Qué es lo que quieres? —le pregunté tras unos minutos de silencio.

—Mi señor quiere tu alma —dijo sonriendo.

—¿Mi... alma?

—Sí.

Él solo era una sombra con ojos, no veía dónde empezaban sus piernas o brazos, solo una mancha negra con ojos rojos.

—¿Quién eres? —Me hallaba al borde del llanto.

—Un simple subordinado. —Sonrió dejando ver de nuevo esos dientes afilados.

Un miedo se apoderó de todo mi ser, un terror inexplicable. Era espeluznante, su presencia era aterradora. Temía por mi vida, temía morir.

—Casi es Navidad —dijo la bestia—, y mi señor pronto nacerá de nuevo, así que quiero complacerlo llevándole un rico manjar. —Su voz era rasposa.

La bestia se levantó dejando ver lo alto que era. Di un paso atrás. Mi cuerpo era demasiado pesado, era casi imposible moverme. La energía. Tenía que sacar mi energía. Me concentré profundamente en esa luz, en esa fuerza que quería salir. Una esfera de electricidad salió de mis manos directo al monstruo.

—¿Crees que puedes vencerme con esto? —dijo sosteniendo la esfera de energía haciéndola desparecer en un instante.

—Yo, yo no soy ningún ultrahumano —dije con desesperación—. No hay razón para pelear, si los quieres a ellos, los encontraras en la Ciudad de México.

—No busco a esos héroes —dijo haciendo comillas con sus dedos—. Lo que busco son almas para comer. No soy un villano ya te lo había dicho.

—Yo no soy un ultrahumano. —Por favor que alguien me salve.

—Conmigo no hay salvación, soy tu pesadilla, soy peor que un villano y mejor que un ultrahumano.

Su espalda se retorció como si algo quisiera salir de ella. No podía más con la atmósfera. A diferencia de un encuentro con un ladrón, aquí no había adrenalina, solo miedo, terror puro, pero quizá tenía posibilidades de ganar con mis poderes. Volví a sentir esa carga de energía que quería salir, la transformé en una barrera entre la bestia y yo. Esa cosa me miró fijamente, sonrió y su boca comenzó a abrirse, era tan larga que casi tocaba el suelo. Solo pude ver en silencio con terror lo que ocurría. Gritó tan fuerte que toda la casa retumbó. Mis oídos comenzaron a sangrar. Todo se volvió borroso de repente.

Cuando mi vista se recuperó. Me encontraba en otro lugar. Ya no era mi hogar, sino una calle abandonada con casas destruidas, parecía que un terremoto de 9.5 grados hubiera golpeado toda esta zona. Apenas lograba pisar y no caer al vacío.

Para mi suerte, era de día, sin embargo, el cielo estaba nublado y el aire congelaba mis entrañas. La bestia apareció a unos metros de mí y con su largo dedo índice señaló un lugar. Volteé a donde señalaba, viendo cómo manos con la carne desgarrada salían de entre las grietas del suelo. Una de esas cosas salió, eran como zombis aunque peor, con garras, dientes afilados y bastante ágiles.

—Veamos cómo sobrevives a esta pesadilla —dijo la bestia.

Mi condición era pésima, mi agilidad también, y a todo esto se le sumó el estado del asfalto. Serviría bastante en estas condiciones poder volar, eso me salvaría.

Debo pensar en algo, quizá la electricidad, quizá la barrera de electricidad. De nuevo me concentré en sacar la energía. Los muertos vivientes eran demasiado veloces, algunos ya se encontraban muy cerca. Creé un puente de electricidad desde el suelo hasta los postes de luz. Subí justo a tiempo. El camino iba desapareciendo conforme yo ascendía, evitando que los muertos treparan.

Había una horda de ellos en todas direcciones. Sería difícil mantenerme así por mucho tiempo así que formé esferas de energía para atacar, pero eso solo hizo que se enfadaran. No los herí, simplemente los molesté. Si pudiera hacerme un traje podría pelear con ellos, los derrotaría.

—¿En verdad crees eso? —Era de nuevo la bestia—. Esto apenas es una mínima parte de todo, cada vez irá en aumento.

De nuevo todo se volvió borroso para volver otra vez a mi hogar. La bestia veía a través de una de las ventanas de la sala con sus ojos más brillantes que antes. Corrí a la puerta y coloqué el cerrojo. Quizá no servía de nada, pero me hacía sentir más seguro.

Tras encender todas las luces de la casa, volví a mi habitación para comenzar a buscar cómo contactar a los ultrahumanos. Le escribí un correo a uno de ellos sobre lo que sucedía. No sabía cuándo respondería, pero la bestia seguía rondando por mi casa y debía hacer algo antes de acabar en un cementerio.

Mencionó que no era un villano. ¿Qué es lo que era entonces? ¿Un subordinado? ¿Quién era su señor? Necesitaba ayuda lo antes posible. Por un momento pensé que yo sería quien acabara con la bestia y estaría después en las noticias, quizá con los grandes, luego me vi en el espejo.

—¿Qué puede hacer un post-adolescente como yo? —dije—. Aparte, uno escuálido con una vista mediocre y un tono de voz apenas audible. ¿Qué hacía yo contra tal inmensidad?

Mi reflejo sonrió, en ese momento no estaba seguro si era yo quien lo hacía inconscientemente o era otra cosa la que sonreía a través del espejo, así que abrí la boca para estar seguro pero el reflejo no se movió de su posición. Me aleje lo más rápido que pude. Con una sábana tapé el espejo y no dejé de verlo hasta que mis padres regresaron.

A partir de ese día, la casa no volvió a ser la misma. Se sentía fría, sola, oscura, aterradora. Ni siquiera yo era el mismo, decían que era más distante, más distraído, apenas comía. Me aterraba la noche porque desde aquel día la bestia siempre aparecía a la misma hora, viéndome a través de la ventana con esos focos rojos.

Pasó una semana y aún no recibía de vuelta ningún mensaje, era posible que ni si quiera lo hubieran leído. ¿Qué interés tendrían en mí? Claro que nunca lo leerían, así que esos días anduve trabajando en un arma. Me sentía orgulloso de lo que pude crear en tan poco tiempo. Estaba listo para acabar con esa cosa o al menos resistir su ataque. Aún no conseguía construir el traje, lo cual me convertía en un manojo de nervios, pero lo que me reconfortaba era el revólver compuesto de mi sangre morada. Servía bastante bien, incluso podía dispararla sin necesidad de tenerla cerca.

Eran las ocho de la noche cuando terminé de hacerle unas modificaciones al arma. La luna ya sé encontraba en lo más alto del cielo trayendo consigo un frio atroz. Otro día más. No soportaría esta situación por más tiempo, necesitaba hacer algo ya, todo esto era demasiado. Tocaron la puerta

—Gregorio, vamos a ir con la abuela Natalia, no quiero que te portes mal y provoques un apagón —dijo mi papá.

Antes de que pudiera responder, cerró la puerta y se marcharon. No de nuevo. No quería estar solo de nuevo.

Tomé un par de focos de un cajón y los coloqué alrededor de mi cama. No funcionaría para alejarlo pero al menos haría el ambiente menos aterrador. Concentrando la energía a los focos logré prenderlos todos, ahora conseguía encenderlos sin necesidad de que estuvieran conectados, eso era genial, avanzaba cada vez más.

Esperé con temor a que dieran las nueve. Estaba preparado, esta vez no correría, no temería y lucharía. El clóset de mi habitación comenzó a inflarse y a desinflarse como si respirara. Sostuve con firmeza el arma en dirección al clóset, que comenzó a soltar sangre por todo el cuarto. Las puertas se abrieron. ¡Oh Dios! Mis padres colgaban desgarrados con heridas provocadas como por un animal salvaje. Sus ojos se encontraban fuera de sus órbitas y sus cráneos se alcanzaban a ver por los pedazos arrancados de cabello y piel. Las lágrimas fueron inevitables, provocando que mi vista se nublara. Me limpié el rostro pero el llanto seguía, inundando totalmente mis ojos.

—Papás... —dije en un susurro.

—¿Ahora qué piensas de la bestia? —dijeron varias niñas que rodeaban toda mi cama.

No podía pensar, solo lloraba. Mis padres estaban muertos y esas niñas no paraban de burlarse. Me sujeté la cabeza con fuerza. Quería gritar, quería matar, quería matarlas a ellas y matarlo a él, al engendro.

—Hazlo, hazlo —decían.

Toda la energía que hasta ese momento se encontraba en calma comenzó a salir disparada por toda la casa. Fuego, solo veía llamas. Todo lo electrónico explotó provocando un incendio.

—Ahora sí estás en el infierno —dijo la bestia dentro del armario.

—¿Qué haces ahí?

—Aún no adivinas, era una ilusión y ahora tu casa arde. —Sonrió.

¿Una ilusión? ¿Cómo se supone que sabría eso? Debía detener el fuego, arreglar todo. La bestia seguía ahí sonriendo, enseñando sus dientes afilados, listo para comer... ¡para devorar mi alma!

El temor comenzó a apoderarse de mí, así que busqué el revólver para sentirme mejor, pero no lo hallé. Me paralicé. ¿Qué hacía ahora? Respiré profundo e intenté calmarme, cuando me encontraba más tranquilo comencé a moverme para ir por el extintor que guardábamos y apagar las llamas. Con cada una que apagaba, recordaba su sonrisa burlona.

Todo volvió a oscurecerse de nuevo. Mi casa estaba destruida pero al menos ya no ardía. Regrese a mi habitación esperando que la bestia se hubiera ido y efectivamente ya no estaba. Ahora debía asegurarme que no estuviera en ningún lugar de la casa. Bajé las escaleras con precaución pero a mitad de ellas, vi de soslayo una sombra sentada en el mismo sillón donde antes se había sentado el engendro. Tenía cuernos de cabra, su piel era pálida, sus ojos profundos y negros, y cerca de ellos, tenía varias cicatrices.

Llevaba puesto un traje negro y sobre su regazo reposaba un libro. Por la poca visibilidad, no pude leer el título.

—¿Qué tal? —dijo—. ¿Te has divertido con mi títere?

—¿Quién eres y qué es lo que quieres?

—No importa quién soy. Lo que quiero es tu alma para mi señor.

—¿Quién es tu señor?

—No es necesario que lo sepas. —Su voz era muy grave.

—Vete ahora, vete por favor, soy alguien insignificante, no te sirvo para nada.

—Tranquilo. —Se levantó—. No te haré daño

Su sonrisa mostró esos mismos dientes afilados. Comenzó a caminar en mi dirección. Subí los escalones pero me detuve al darme cuenta que la bestia se encontraba en el último escalón de arriba de las escaleras.

¿A quién temía más? Junté una esfera de electricidad y la lancé al hombre del traje sentado, lo que me dio tiempo suficiente para bajar las escaleras y dirigirme a la salida. Abrí la puerta y salí corriendo. El aire frío congelaba cada partícula de mi cuerpo pero no importaba. Comencé a gritar, a tocar puertas, nadie abría. Esos dos iban atrás de mí sin ningún esfuerzo, me pisaban los talones. Seguí corriendo sin parar. Las piernas me ardían, pero era sufrir por eso o morir. Sentí una mano en mi hombro para después ser arrojado contra la pared de una casa. Mi columna se fracturó. Un ardor recorrió toda mi espalda. Sentí cómo la sangre fluía de mi cabeza a mi mentón. Ya no solo eran la bestia y el hombre, sino más sombras bailando por toda la cuadra, riendo, llorando y gritando.

—¡Déjenme! —grité.

—Tu peor pesadilla está por comenzar —dijo la bestia.

Lloré, grité, no podía moverme, no lograba hacer nada. Ellos se acercaban. Sentí unas garras en mis piernas pero no había nada, algo me jalaba hacía abajo, mi cuerpo se hundía.

—¡Por favor, por favor! ¡Alguien que me salve!

—No hay nadie más que tus pesadillas —dijo el señor.

Con la poca fuerza que me quedaba, hice que un cable del poste de luz se soltara y se estirara hasta mi muñeca. Se enredó en mi cuerpo jalándome hacia arriba. Ellos solo sonreían.

El poste de luz comenzó a sacar chispas. Las luces de la cuadra iban y volvían. En esos intervalos de oscuridad, las sombras bailarinas se desvanecieron. Los vecinos comenzaron a salir, fue cuando la bestia desapareció entre los arboles junto con el hombre, aun así lograba percibir sus ojos rojos.

Los vecinos comenzaron a gritarme exaltados, cesando casi al instante para verme ahora con asombro. Me di cuenta que la corriente eléctrica recorría todo mi cuerpo, como si la energía me estuviera abrazando. Todo el vecindario me veía estupefacto. Un cosquilleo recorrió mi cuerpo, como una pequeña máquina de choques. Al querer salir de esa situación, en un santiamén, todo el vecindario pasó de prisa ante mis ojos hasta que volví a mi hogar. Parecía que, como si por medio de los postes de luz hubiera viajado a través de la electricidad.

Cuando mis padres volvieron, me vieron con lástima y nunca volvimos a hablar de lo ocurrido aquella noche, ni siquiera preguntaron si yo había sido el causante; limpiaron, arreglaron y callaron. Aunque ya no me importaba lo que pensaran los vecinos o mis padres, en lo único que debía concentrar todas mis energías era en diseñar y construir el traje, así quizá tendría una oportunidad de ganar.

Los siguientes días fueron iguales: la bestia me veía a la misma hora en el mismo lugar todas las noches, mientras por mi parte, diseñaba y fabricaba el traje. No sé cuánto tiempo tenía antes del próximo ataque.

Por fin había conseguido terminar el traje. Era importante que tuviera equipamiento para bombas de humo y armas, al igual que era importante colocar garras para escalar a la perfección y engancharme a cualquier superficie. Contaba también con escudos en piernas y brazos. Aunque lo más importante de todo era que estuviera conectado a mí, que mi sangre corriera por el traje cargándolo de energía al igual que lo hacía con mi cuerpo. Esa sustancia morada me ayudó bastante. Ya estaba preparado para el siguiente ataque, listo para enfrentarme al demonio.

Pasaron días sin que me molestara, aun así, por si las dudas, mantenía el traje cerca de mí. La bestia ya no observaba a través de la ventana por las noches, algo que lograba inquietarme, el no saber dónde está era más aterrador que verlo.

Estos días tranquilos me dieron tiempo para practicar mis poderes adquiridos. Con todo lo que sabía y aprendí, hasta podía ser que alguien necesitara mi ayuda.

Era de noche, me encontraba practicando mis poderes en la computadora. Había descubierto que los días lluviosos no me favorecían, interrumpían mi conexión a los aparatos electrónicos, por suerte hoy no era uno de esos días.

—Hola, héroe —dijo la bestia atrás de mí.

Volteé y me alejé torpemente, chocando con la computadora y cayendo con estruendo al piso.

—No sabía que los ultrahumanos fueran tan inútiles —dijo.

Tomé el traje y con un movimiento estaba completamente protegido.

—Ahora estoy preparado para ti y tu pequeño amigo.

—Creo que aún no entiendes. —Se acercó—. No soy algo que puedas dañar, soy algo que está en tu cabeza, la peor versión del humano, por lo que gritas en la noche, soy la pesadilla.

—Te equivocas —le dije con firmeza—. No existe cosa en el mundo que no se destruya.

—Sí —dijo sonriendo—, tienes razón, no hay cosa que no se pueda exterminar, pero con tu traje no lo conseguirás.

Su brazo se alargó hasta sujetarme del cuello.

—Con ese traje no me vencerás —dijo con cierto toque de éxtasis.

Sus ojos brillaron con más intensidad. La oscuridad de la que creía haberme librado volvió. Las únicas luces que alumbraban eran la luna, mi traje y sus ojos. Le envié una carga eléctrica consiguiendo que me soltara. Sonrió mostrando de nuevo esos dientes afilados, de repente el techo se volvió más alto. Ahora la bestia cabía perfectamente.

—Vamos, quiero verte en acción, héroe —dijo con una entonación de burla—. Te comeré a ti y a los otros ultrahumanos para que el mundo se hunda en agonía.

Disparé varias esferas de energía a su cuerpo, pero logró esquivar cada uno de mis ataques, retorciéndose de manera inhumana como un invertebrado.

La casa no era un lugar para pelear, así que lancé una bomba de humo para salir por la ventana. Estando afuera, corrí al otro lado de la calle y apunté hacía la ventana por la que salí. El engendro se asomó, era alto, muy alto.

Apunté y disparé. Una red de electricidad lo rodeó. Sabía que eso no lo detendría pero deseaba que fuera así. La bestia vio la red, sonrió y segundos después se la tragó de un bocado. Del suelo emergieron pinchos metálicos, un par de ellos me tocaron, pero gracias a la resistencia de mi traje, no lograron dañarme.

Escalé un poste de luz hasta llegar a la cima, este era mi campo de batalla. La bestia observo y sonrió. A lo lejos, pude ver al hombre de traje, y ahí, en ese momento, fue cuando lo entendí: no era la bestia a quien debía derrotar, sino a él. La bestia dijo que era un títere. Si peleaba con él, la bestia desaparecería. Tenía que llegar a él a toda costa. Lo peligroso era que se hallaba en un lugar apartado de los postes de luz, no conseguiría ir directamente aunque sí podía acercarme.

Coloqué mi mano en uno de los cables de luz. Mi cuerpo se deslizó por los postes hasta llegar al más cercano al hombre. La bestia rió descontroladamente. Cuando estaba a punto de dar un golpe al sujeto, la bestia me golpeó tan fuerte que el traje no evitó que lastimara mi cuerpo. Pasé de largo varias casas antes de chocar contra una pared.

La espalda me dolía. A pesar de la lesión a mi columna, hice un gran esfuerzo por levantarme, no podía bajar la guardia. Lo que hizo la bestia solo comprobó que mi teoría era cierta, no lograría lastimarlo, pero sí al titiritero, y así mismo acabaría con la marioneta. La bestia rió de nuevo.

—¿Crees que puedes vencernos? —dijo entre risas.

No perdería mi enfoque, no dejaría que me disminuyera el autoestima, no esta vez. Empezó a acercarse. Justo cuando iba a pisar una de mis trampas de electricidad, se detuvo. Supuse que no funcionaría.

Sonrió. Brazos de tonalidad gris con piel colgante empezaron a surgir de las paredes de las casas. Algunas de las extremidades poseían uñas destrozadas como si hubieran rasguñado una superficie dura por un prolongado tiempo.

Una tras otra intentaban sujetarme. Una de ellas alcanzó mi pierna. Sin pensarlo, alcé las garras del traje cortando el brazo. Un fuerte grito de dolor surgió detrás de la pared. Los brazos me buscaban con mayor intensidad. Una extremidad tomó mi pierna y otra mi brazo izquierdo; con la mano libre corté de un tajo ambos brazos. Dieron un alarido de dolor aturdiéndome por un momento. Había perdido de vista a la bestia.

Subí a un poste para una mejor visión de todo el entorno. La bestia se encontraba no muy lejos de mí. El suelo se agrietó alrededor suyo y de ahí salieron seres parecidas a un humano. Eran jorobados, calvos, su piel de una tonalidad grisácea y sus brazos largos similares a los que salieron de las paredes. Todo su cuerpo estaba lleno de manchas de sangre, así como sus bocas. Se arrastraban por el suelo debido a la masa de carne que tenían en lugar de piernas. Lo más perturbador era que poseían dos cavidades orbitarias sin globos oculares. Solo dos agujeros negros.

Los diez salieron bramando, arrastrándose hasta donde me encontraba; unos pedazos de carne que se dirigían desesperadamente hacia mí, como hambrientos. No me alcanzarían a menos que empezaran a escalar. En ese caso, saltaría de poste en poste.

Las cosas bramaron golpeándose contra el poste estirando sus brazos para alcanzarme. Tras pasar unos minutos, sus gruñidos se transformaron en lamentos. Busqué al titiritero, pero lo único que alcancé a ver era la bestia. No podía perderlo, no la dejaría escapar. Debía acabar con todo esto o ellos acabarían conmigo.

Mis manos tocaron los cables y enseguida mi cuerpo se llenó de electricidad. Justo cuando estaba por marcharme, la bestia cortó los cables de ambos extremos del poste. Sin eso, no iría a ningún otro lado. Tuve que voltear hacia ambos sitios, lo único que veía era mi ruina.

La bestia se acercó y de un golpe derrumbó el poste donde me encontraba. Cayó con estrépito alterando a las cosas de carne. Todas se arrastraron muy rápido hacia mí, apenas tuve tiempo de incorporarme. Una de ellas sujetó mi pierna e hizo que cayera boca abajo contra el pavimento. Sentí un ardor recorrer mi cara y líquido caliente resbalar por mi mejilla. Me levante, pero al instante sentí un dolor intenso en la pierna; se trataba de una de esas cosas mordiéndome. ¿Cómo pudo atravesar el traje? Se supone que lo hice de un material resistente. No era posible, pero ahí estaban, varios de ellos mordisqueándome. Me concentré para lanzar una carga eléctrica pero el dolor era insoportable, como si varios aguijones me estuvieran atravesando las piernas y brazos. Me concentré de nuevo en la carga eléctrica y de pronto dejé de sentir dolor, al mirar, las cosas de carne se hallaban calcinadas en el suelo. Mis heridas eran profundas, graves, incluso algunas ellas, secretaban pus. Necesitaba curarme para seguir peleando. Intenté llegar hasta un poste de luz para viajar a casa.

—¿A dónde vas? —dijo la bestia—. Apenas estamos iniciando.

Sujetó mi pierna para arrojarme contra una pared. La mitad del traje se destruyó. Creí que estaba preparado, pero me equivoqué, como siempre. La bestia se acercó, rodeó mi cuello con su mano y me estrujó. Todo se desvanecía, todo estaba perdido. Me invadió la oscuridad. Entre la negrura, distinguí dos luces rojas mirándome fijamente. La Navidad era tan cálida. ¿Por qué recordaba en estos momentos la Navidad? No importaba mucho, era algo que me reconfortaba. La Navidad.

Sentí electricidad recorrer todo mi cuerpo. No podía morir aquí. Con la poca fuerza que me quedaba, sujeté los brazos de la bestia, apartándolos de mi garganta, para después patear su torso, logrando que retrocediera.

—Sí que tienes algo por lo cual luchar. —Sonrió—, pero eso no será suficiente.

Escalé una de las casas y corrí de techo en techo. Ya no importaba si era valiente o no, en estos momentos solo debía salvar mi vida y para eso tenía que huir, escapar era mi única opción. Los ultrahumanos se decepcionarían, pero estaba seguro que ninguno de ellos se había enfrentado a tal magnitud de maldad.

Volteando hacia atrás, vi cómo la bestia se acercaba. Lento, como si estuviera jugando conmigo.

—Siente el miedo.

Sentí cómo algo se acercaba a mí, no descifraba si era humano o no. Sabía que no era la bestia porque apenas lograba verla enfrente. El sonido de alguien masticando o más bien devorando algo, llego a mis oídos. Se acercaba y descubrí que no podía moverme. Intente zafarme sin éxito, mi cuerpo no respondía.

—¡Muévete! ¡Muévete! —dije para mí.

Escuché cada vez más cerca al animal que no paraba de devorar a su presa. Vi en el suelo la sombra de una mujer, su cabello flotaba en el aire como si estuviera sumergida en el agua. Ahora ya se encontraba tan cerca que pude sentir su cabello mojado recorrer mi cuello. Sus manos apretaron mis hombros logrando ver sus uñas amarillentas y desgarradas con los dedos verdosos y con incrustaciones de coral. La mujer se subió encima de mí, sus pies se apoyaron en mis hombros y en cuclillas siguió comiendo. Pedazos de carne caían a mi cabeza para terminar en el suelo. Su aliento era tan hediondo que me provocaba unas inmensas ganas de vomitar.

El miedo invadió mi cuerpo al pensar lo que la mujer haría cuando se terminara su trozo de carne. Sus pies estaban fríos, como hielo. Encajó sus uñas en mis hombros y vi cómo abría su enorme boca. Cerré los ojos por unos segundos. Cuando los abrí, me encontraba en el suelo. Creí haberme teletransportado o algo así. La mujer me observaba desde el aire, su cara estaba deformada, como por múltiples e inflamados hematomas, ojos saltones, cabello graso y flotaba como si se hallara en el agua, sus brazos y piernas eran verdosos, con pedazos de coral, olía a putrefacción y chorreaba agua de ella.

Bajó con velocidad hacia mí. Me incorporé y corrí en dirección a mi casa. La mujer me perseguía dejando un rastro viscoso y negro a su paso. Seguí avanzando pero ya no podía más, mi cuerpo se hallaba destrozado y perdía sangre a un nivel crítico. Paré, y con el aliento que me quedaba, grité.

—¡Ayúdenme!

Grité con desesperación tan alto como mis cuerdas vocales me lo permitieron. Nadie salió. La mujer seguía acercándose. Abrió la boca tan grande que se le partió la mandíbula. Continué avanzando sin dejar de gritar.

—¡Necesito ayuda! ¡Necesito una ambulancia!

¿Por qué nadie acudía a mi llamado? Quizá no lograban oírme, quizá moriría. Sentí la humedad de su tacto en mi piel. La mano de la mujer se aferró a mi pierna y metió uno de sus dedos en una de mis heridas. El dolor era indescriptible, un ardor que recorrió toda mi pierna. Caí al asfalto. Con las garras arañe su brazo hasta que me soltó. Tape la herida con una prenda y comencé a arrastrarme sin parar de gritar. Aún tenía una esperanza, aún tenía ganas de vivir.

Concentré en mi mano electricidad y le lancé una descarga. La mujer se levantó chorreando agua. Se abalanzó de nuevo sobre mí.

—¡Eres mío, eres mío! —repetía una y otra vez.

Coloqué las piernas en su abdomen y con las pocas fuerzas que me quedaban, la empuje. Me levanté ayudándome de un árbol. Grité por última vez, causando un corto circuito en los postes de luz. Milagrosamente, las personas salieron de sus casas. Volteé a ver a la mujer; había desaparecido, dejando únicamente un charco gigante. Intenté llamar a un vecino pero no pude, ya no tenía voz. Quedé afónico. Me arrastré para intentar llegar hasta mis vecinos.

—¿Qué está pasando? —dijo uno de ellos.

—¿Quién grita? —preguntó alguien.

Intenté arrojarles algo para que me vieran, alcé los brazos, nada funcionaba. Todo se volvió oscuro.

—¿Qué estás haciendo? —dijo aquella voz rasposa.

Entonces lo vi, mirándome directo a los ojos. Sus brazos se posaron en mis piernas para arrastrarme, para alejarme de la vida. Toda mi vida pasó delante de mí; entendí que moriría y no sería rápido. Me arrastró hasta donde se encontraba el titiritero. Dejó caer mis piernas y se reunió con él. El cuerpo de la bestia eclipsó todo vestigio de luz. Oh, la Navidad y sus luces, qué época más hermosa.

—Somos todo lo que temes —dijeron al unísono.

El chico despertó apenas consiente de lo que pasaba.

—Bienvenido —dijo el titiritero—. Bienvenido al ejército de las bestias.

Todo rastro de la esencia de Gregorio se desvaneció con su memoria, sus ojos enrojecieron.

Sonrió.

EL ÁRBOL MÁS HERMOSO DEL JARDÍN

Luis Fernando Rangel

1

EZEQUIEL VEÍA DESDE SU ventana cómo las nubes se derramaban sobre el mundo. Los gruesos goterones golpeaban el cristal, amenazando con romperlo, impactándose cada vez con más fuerza. Pero a aquel hombre lo único que le preocupaba era su jardín: ¿qué tal si sus plantas, que tanto tiempo había cuidado, se ahogaban?, ¿qué sentiría si un relámpago caía sobre el árbol y lo partía?, ¿qué haría si todas sus flores se murieran?, ¿qué sería de él si aquel árbol, el más hermoso del mundo, se viniera abajo?, ¿en qué ocuparía sus días si ya no tuviera un bello jardín que cuidar?

Esa noche tendría una cita y si el árbol se viniera abajo, no podría presumirlo con orgullo, recorrer cuidadosamente la senda trazada con piedras para no pisar el pasto verdísimo, ni podría llevar a su mujer al patio para detenerse a contemplar el árbol que se alzaba sobre todas las cosas. Ese jardín era fruto de su trabajo de tantos y tantos años. Había dedicado un especial cuidado para cada planta, para su distribución y su peculiar

45

colorido, como un pintor que cuida cada pincelada. Le gustaba que fuera así de hermoso para siempre pretextar algo que los invitara a salir al patio y decirle a las visitas:

—Mira, mi jardín, ¿no es precioso?

Pero mientras llovía con tanta fuerza, en medio de aquellos pensamientos angustiantes, se detuvo por un momento a recordar los días de su infancia. Se acordó de cuando tenía que esperar al final de la lluvia para poder salir a jugar y escapar de casa, esconderse lejos de la mirada de su madre para brincar entre los charcos mientras salpicaba todo alrededor, porque cuando la lluvia caía, tenía que resguardarse en casa, y no podía salir a reír y correr como los otros niños. Su madre le había inculcado miedo ante la más ligera llovizna, alegando que mojarse lo haría enfermarse, y ella no lo podría cuidar.

Por eso aprendió a contemplar, a vaciar la mirada sobre el paisaje, a detenerse a observar hasta el mínimo detalle. Le gustaba ver la lluvia y pensar en el diluvio, en esa historia tan asombrosa que su maestra de primaria les contó una vez. Ese día comenzó a llover y ella bromeó con que se trataba de otro diluvio. Un niño preguntó qué era eso y ella les platicó que hace muchísimos años un hombre construyó una barca, reunió dos animales de cada especie y navegó durante cuarenta días con sus noches mientras no paraba de llover, hasta que encalló en un monte.

—¿Entonces los animales que no subieron a la barca se murieron? —preguntó una niña asustada.

—Puede ser —respondió la maestra—, tal vez hubo animales fascinantes que no pudimos conocer, ¿se imaginan cómo pudieron ser?

Pero Ezequiel no pensó en los animales, pensó en los árboles, en las flores, en los jardines, ¿qué pasó con ellos durante esos cuarenta días de lluvia?

—Pues muchos nadaron —respondió otro niño.

Ezequiel comenzó a imaginar las tormentas en altamar y a pensar en el diluvio. Pero cuando llovía, lo único que esperaba, era que el agua dejara de caer. Una vez que la lluvia terminaba, salía para hacer barquitos de papel y navegar por los riachuelos que corrían por las calles.

La lluvia comenzó a arreciar y Ezequiel recordó cuando regresaba a casa, después de jugar, y tenía los pies llenos de lodo. Se imaginó a su madre en la puerta de entrada, gritando y manoteando al aire, enojada, reclamándole su ingratitud de niño pequeño.

—No entres a la casa así, Ezequiel —solía decirle.

La imaginó y casi la pudo ver corriendo al baño para sacar el trapeador y limpiar aquel desorden, bufando mientras tallaba el suelo para borrar las manchas de lodo. Y él, ahí, riéndose, sabiendo que era un capitán que regresó a casa triunfante tras su aventura en mares peligrosos.

Ahora que la lluvia caía con fuerza ya no se imaginaba como el capitán de un barco, sino más bien como el modesto jardinero de algún palacio. En el piso no había manchas de lodo y afuera los charcos parecían lagunas enormes. Seguía preocupado, esperaba ansioso a que la lluvia terminara, para salir al jardín y asegurarse de que sus plantas estaban bien.

Entre sus recuerdos encontró también la imagen nítida de su madre, clara como el agua más cristalina: era una mujer muy guapa; la imaginó sentada en el sillón más grande de la sala, con la pierna cruzada y las manos encima de las rodillas. El cabello negro le llegaba hasta el final de la espalda. Sus ojos también eran negros y grandes. Tenía la piel clara. Llevaba los labios de un rojo brillante. La recordó. Era julio. Hacía calor y ella llevaba un vestido blanco que delineaba cada curva del cuerpo. Movía la cabeza para quitar el cabello del rostro y sonreía, apenas con un leve movimiento, curvando la comisura de la boca. Unos hoyuelos se marcaban en sus mejillas. Luego entrecerraba un poco los ojos. Era tan bonita. Suspiró. Le gustaba recordar.

También recordó los años en que dejó de ser niño, pero su madre parecía no notarlo. A veces se metía al baño con él: primero se bañaba ella, tardaba unos quince minutos, casi cronometrados, entonces corría la cortina y salía envuelta en una toalla; luego era turno de Ezequiel, entonces su madre contaba el tiempo y lo esperaba tras la cortina del baño, todavía envuelta en la toalla, y comenzaba a secarlo mientras le preguntaba si se había bañado bien, si se había tallado, había usado jabón y champú.

Ezequiel recordó aquella tarde en que vio a su madre desnuda porque la toalla se le cayó. El cabello negro le caía sobre los pechos y no alcanzaba a cubrirlos por completo. Las curvas de las caderas se veían más pronunciadas que cuando estaba ataviada con los vestidos que solía usar. Su madre gritó, le ordenó que se volteara en lo que se ponía la toalla, pero una vez que se la volvió a anudar, todo regresó a la normalidad. Entonces la rutina comenzó y regresó a la tarea: a secarlo mientras le preguntaba lo mismo de siempre. Hasta que se detuvo porque notó la erección que Ezequiel trataba de esconder moviendo las piernas. La mujer se salió del baño y le dijo que cuando terminara de alistarse, fuera a la sala. Nunca hablaron de eso y con el tiempo parecía que se había olvidado.

Sin embargo, Ezequiel se sentía culpable porque al anochecer se masturbó pensando en ella, recreando aquella imagen que contempló sólo por unos segundos que le parecieron eternos. A su madre le gustaban las manzanas y Ezequiel pensó que sus pechos eran así: los imaginó como el fruto prohibido, dispuestos ante sí para el pecado. A la mujer también le gustaban los vestidos con flores, en especial uno negro con flores azules. Eran nomeolvides. Su madre se llamaba Magnolia.

Un relámpago distrajo a Ezequiel de sus pensamientos. Resignado, pensó en salir al jardín para sentir las gotas de lluvia, para recuperar todos aquellos días de la infancia en los que no pudo jugar mientras llovía. Al salir, las gotas lo empaparon en segundos, y extendió las manos para sentir cómo la lluvia golpeaba su cuerpo. Por un momento se vio tentado a levantar la mirada para ver el cielo, pero tuvo miedo de imaginar el castigo de Dios, que las gotas golpearan sus ojos con tanta fuerza que terminaran dejándolo ciego por haber visto a su madre desnuda y seguir reproduciendo aquella imagen en la memoria cada que se acostaba con alguna mujer. Luego se cobijó de la tormenta en el umbral de la puerta. Al centro del jardín había un gran árbol que Ezequiel plantó años atrás, después de la partida de su esposa.

Conoció a Margarita quince años antes. En aquel ayer tenían veinte años, estudiaban en la universidad y estaban llenos de ilusiones. Él estudiaba una licenciatura agrotecnológica y ella cursaba estudios en administración. Tenían la esperanza de casarse una vez que terminaran su carrera. Creían en una mejor vida, en que se podía construir un futuro prometedor, que podrían tener una familia y dedicarse a un negocio propio. Tuvieron una relación de cuatro años, se casaron y poco después de que terminaron la universidad ella desapareció. Cuando recién la conoció, ella le dijo que le encantaban las flores, entonces, bromeando, se prometieron un jardín que cuidar de ancianos.

—Con muchos árboles y muchas muchas flores —dijo Margarita.

Ezequiel sólo asintió sonriente. Por eso cuando comenzaron su noviazgo, Margarita le regaló a Ezequiel un árbol de manzanas.

—Este es el primero —le sentenció.

Él lo sembró en casa de su madre y procuró un espacio lo suficientemente grande como para que el árbol creciera, pero también para poder transplantarlo una vez que tuviera su propio hogar. Y cuando Ezequiel le propuso matrimonio, le regaló una bolsa de semillas, en donde había desde árboles hasta flores y hierbas para cocinar.

—Por las demás plantas que nos faltarán —dijo.

Aquel árbol en su jardín era el mismo que le dio cuando comenzaron su relación. Era una forma de recordarla.

2

De pronto llamaron a la puerta: se escuchó un golpe seco seguido de tres golpes acompasados. Ezequiel se levantó de inmediato y caminó a la ventana para ver su jardín. Ya no llovía. El cielo estaba despejado y ligeramente soleado. El árbol, las flores y las plantas estaban dispuestas tal y como a él le gustaban. Recordó a Margarita y sonrió. La imaginó enseguida de la puerta comiendo una manzana, como tanto le gustaba, con un vestido negro y sonriendo, viéndolo con esa miradita de complicidad desbordada en cursilería.

Se escucharon otros golpes a la puerta, ahora con más fuerza. Dejó de pensar en Margarita. Suspiró largamente y paseó la mirada por la casa, repasando que todo estuviera en su sitio, que no fuera a dar una mala impresión. Fijó la vista en su jardín pensando en lo hermoso que era. Vio el árbol con orgullo, infló el pecho y levantó el rostro, sabiéndose un hombre completo, feliz, un hombre que se hizo a sí mismo.

Volvieron a llamar a la puerta, ahora despacio, apenas tres golpes secos, tímidos, como cuando alguien toca a una puerta sin querer tocarla, como si estuviera esperando la negativa para emprender la huida, pensando en que no hay nadie en casa.

Ezequiel se llevó las manos al rostro, apretó los labios y después los mojó con saliva mientras arrastraba la lengua, pasándola por toda la boca.

—Enseguida voy —gritó—, un momento.

Nadie respondió.

—Voy, voy —insistió el hombre.

Sacó una moneda de su bolsillo, se dirigió a su habitación y la colocó en el buró, junto a un pequeño montículo con otras monedas. Salió del cuarto y cerró la puerta con delicadeza. Se tronó los dedos de las manos, estiró el cuello y por fin se dirigió a la entrada. Cuando abrió la puerta, encontró del otro lado a Azucena, la vecina, a la que conoció un par de semanas atrás en una reunión del barrio para hablar acerca de las lluvias que habían derribado la barda perimetral del lugar. En aquella ocasión su presencia le resultó inquietante, algo que no podía explicar, por eso no dejaba de verla. Iba con un vestido de flores. Al verla pensó en Magnolia, su madre. Le sorprendió su parecido físico. Por eso al finalizar, se acercó a saludar y presentarse.

—Ezequiel, mucho gusto, vivo aquí —dijo.

Se sintió estúpido porque se trataba de una junta de vecinos.

—Yo también —respondió Azucena, riendo, buscando distraer los nervios y aligerar el momento—. Me acabo de mudar hace apenas unas semanas, no he conocido a muchos de los que viven por el rumbo, me alegra por fin cruzar palabras con alguien nuevo.

—También a mí —contestó Ezequiel.

Se quedó mudo. No alcanzó a decir más cuando Azucena se adelantó y se despidió.

—Me tengo que ir. Platicamos después.

—Sí, nos vemos luego —dijo Ezequiel, apenas murmurando.

Azucena ni siquiera alcanzó a escuchar.

Luego coincidieron un par de ocasiones más. La segunda vez la volvió a ver con un vestido de flores. En esa ocasión se vieron en el parque. Ezequiel estaba regando las plantas y podando unos arbustos, había adquirido aquella tarea ante los vecinos, convencido de que sus dotes para la jardinería eran los más adecuados. Ahora fue ella la que inició la conversación.

—¿Entonces tenemos un jardinero en la colonia?

Ezequiel sintió que esa pregunta era el pretexto perfecto para presumir el jardín que había en casa. Si el del parque era hermoso, el de su casa era lo más cercano al paraíso. Se sentaron en una banca y platicaron largamente. Ella le dijo que estaba por terminar sus estudios y que por fin podría estar sola, pues acababa de renunciar a su trabajo como secretaria en una oficina de gobierno. Se despidieron y prometieron volverse a ver. Esa noche Ezequiel volvió a recordar la primera vez que hizo el amor con su esposa y la primera vez que se masturbó pensando en su madre.

—Hola, ¿cómo estás? —saludó Azucena—, pensé que no estabas.

Estaba nerviosa, no dejaba de apretujar sus manos.

Ezequiel se hizo de lado, extendió la mano y la invitó a pasar.

—Bienvenida.

En la mesa, la cena estaba dispuesta: una pasta y una botella de vino. Le gustaba el espagueti y el cabernet, lo había aprendido en las películas, en las comedias románticas que veía los jueves por la tarde. Sin duda, aquello era la cena perfecta. Mientras Azucena daba los primeros pasos dentro de la casa, aquel hombre presumió lo que tanto le gustaba mostrar.

—Tengo un jardín hermoso que te va a encantar, ¿lo quieres ver?

3

Esa noche Ezequiel sembró el cadáver de Azucena en el patio, justo a un lado del árbol de manzanas que tanto le fascinaba, mientras repasaba los gritos ahogados tras la mordaza con los que la mujer suplicaba por su vida. Estaba hincado rezando, aunque hacía tiempo que una voz en su cabeza le decía que tenía que dejar de hacerlo, que nadie lo escuchaba. Dijo unas cuantas palabras: se trataba de una ceremonia sencilla, un pequeño ritual para que su jardín fuera cada vez más hermoso, para seguir presumiendo la belleza contenida en aquellas hojas y aquellas ramas que se mecían con el viento.

Después se levantó y ni siquiera tuvo la molestia de sacudirse el polvo de las rodillas. Se acercó al árbol, se puso de puntillas y extendió la mano para cortar una manzana. Al tenerla frente a él, sonrió. Se sintió satisfecho, orgulloso. Elevó la manzana al cielo y detuvo la vista en ella por un par de segundos. Abrió la boca y le dio una gran mordida a la manzana pensando en los pechos de Azucena. El jugo le corrió por la comisura de los labios. Se limpió la boca con la palma de la mano y luego la restregó en el pantalón. Dio otro bocado. Sentía que cada vez que la mordía era como si de nueva cuenta besara los labios de Margarita y volvía a recordar a su madre.

4

El árbol se secó al día siguiente de que Ezequiel se colgó en él. Los frutos se pudrieron y las hojas comenzaron a caer. Su cuerpo no iba y venía con el viento, como las hojas o las pequeñas flores, sólo se mantuvo estático, como el tronco, firme. Sin embargo, la tarde en que tomó la decisión de acabar con su vida, las manzanas brillaban como el mismísimo sol. Al día siguiente de su muerte las manzanas estaban podridas y las flores se marchitaron. Ya no era un jardín digno de presumir. En el buró de su cuarto, dispuestas en pequeños montoncitos, había treinta monedas que le recordaban a cada una de sus víctimas.

El desierto rojo

Damian G.

N O HA SIDO FÁCIL, pero aquí estoy. La incertidumbre murió al pasar los días, con el anhelo de una mejor vida para mis niñas y esposa. De la tierra donde vengo no nacen cobardes. En mi sangre llevo el sabor amargo del café. Aún si a donde voy no entienden mi lengua y muero en tierras extrañas, mi alma irá a donde pertenezco: a los cenotes del pueblo donde crecí y su tierra fértil.

Cruzaré estos arenales y surcaré las rodadoras. Las sirenas cantan en el fondo y amenazan con detenernos. Los primeros en escapar han sido los coyotes; aullaron una última vez y desaparecieron de nuestra vista. Nos han abandonado. Pero estos pies han pisado espinas y estas manos han escalado montañas. Nada puede detenerme. La arena se vuelve roja con cada paso y el olor a hierro comienza a inundar el aire. Uno a uno, mis hermanos son tocados por balas plateadas. Al caer en su propia sangre escupen plumas negras, renacen en buitres y emprenden el vuelo. El final del camino se acerca. Ahora el suelo se observa como miel rojiza y el firmamento adopta un color purpura. En un parpadeo me advierto corriendo a cuatro patas con el rugir del jaguar en mi garganta. Al final se alza un río y en sus orillas veo a mi madre. La he extrañado desde su partida y ahora viene a recibirme.

El retrato

Lydia Martínez

MI PADRE FUE RESTAURADOR de arte. Mantuvo la casa siempre llena de esculturas y cuadros. Llegué a ver pinturas hermosas, otras no tanto y algunas pocas me resultaron bastante raras e inquietantes.

La pintura protagonista de este relato no era extraña, ni perturbadora. Podría describirla como una obra ordinaria, nada espectacular. Se trataba del cuadro al óleo de una bailarina de flamenco. Estaba viejo, el marco se apreciaba antiguo y maltratado. Los colores de la pintura estaban opacos, casi borrosos. El dueño del cuadro era un anciano y la bailarina, su hija fallecida hacía ya muchos años.

Conforme avanzó la restauración de la obra, esta poco a poco se apreciaba más nítida. Las facciones de la bailarina sobresalían bien definidas. Su hermoso vestido rojo resplandecía y parecía ondular. Podías imaginar a la joven bailar. Podías escuchar en la mente la música. Aquel óleo comenzó a llamar mi atención con una extraña magia; no obstante, continuaba siendo un cuadro común y corriente.

Cierta madrugada, en medio del silencio, un ruido me despertó. Parecía como si alguien subiera y bajara las escaleras. El sonido era sutil pero muy claro. El taconeo, aunque rítmico resultaba fastidioso. Decidí investigar el origen de aquel ruido. Al llegar al filo de la escalera mientras una completa oscuridad me envolvía lo único que percibí fue una tenue risa femenina. No vi nada, el ruido cesó y regresé temerosa a mi habitación. Eché el seguro, me arrojé en la cama y me envolví en las cobijas como si ellas fueran capaces de protegerme de aquella entidad.

Casi todas las noches se escuchaban esos taconeos, risitas o se percibían aromas a perfumes, de esas esencias antiguas. Por alguna extraña razón, no le comenté nada a mis padres, pese a que noche tras noche me sumergía en terror. Me costaba mucho trabajo conciliar el sueño. Creía que la bailarina entraría por mi recamara. Escuché la música flamenca y su taconeo cadencioso en la planta baja de la casa y en las escaleras como subiendo, tratando de alcanzarme.

Por las mañanas la curiosidad me llevaba a contemplar el cuadro. Se apreciaba casi restaurado en su totalidad y continuaba siendo una pintura como cualquier otra, sin embargo, representaba el terror en su máxima expresión para mí. Mi energía se fue consumiendo poco a poco y los bailes y las risitas se iban intensificando por las noches. Ansiaba que la restauración del cuadro terminara y el dueño se llevara su cuadro maldito.

Una de esas mañanas de domingo en las que más que nunca agradecí no ir al colegio, recibí una de las noticias que más me han perturbado en la vida. ¿Qué crees, Alicia? Papá se dirigió a mamá. ¿Qué sucede, cariño? Respondió ella mientras preparaba el desayuno. Fue entonces que la piel se me heló y quede petrificada. Don Esteban falleció antier. El dueño de aquella macabra pintura había muerto. No pude hablar, ni moverme. Las manos me sudaron, pero las sentí frías. Creí escuchar aquella risita juvenil que me acosaba durante las noches. El estupor creció y agobió mi corazón. ¡Papá había pedido a los deudos del anciano, le vendieran la pintura! La verdad fue una ganga, Alicia. Como que ya les urge obtener ganancias de las pertenencias de Don Esteban, que en paz descanse. Esos buitres... Ay amor, ¿Dónde vas a colocar tantos cuadros? Además, no sé, no me gusta, el marco es muy antiguo, ya sabes que no me gustan las cosas antiguas. Yo permanecía en silencio. Un halo de esperanza agitó mi corazón. Espero que mamá convenza a papá de no comprar ese objeto maldito. Pronto la conversación se convirtió en discusión que papá culminó con un "ya lo pagué y el cuadro se queda". Rompí en llanto y salí al jardín.

El jardín se sentía frío. El viento soplaba fresco y húmedo. Me senté en el columpio que colgaba de un nogal. Las hojas secas y amarillentas por el inminente otoño revoloteaban. Lloré en silencio pensando cómo sería la vida con esa bailarina saliendo de su marco por las noches para bailar en los pasillos de mi casa. Me sumergí en mis miedos, en mis preguntas, en mis angustias. Desde entonces, multitudes de personas aprecian mi infantil y desvalida figura sentada en un columpio en medio de un jardín otoñal. Pintada al óleo y apreciada por los visitantes fui valuada en varios millones de euros. Un día llegó a esa galería la joven bailarina del cuadro ordinario junto con su anciano padre que no se veía anciano... De todas las pinturas ésta es la que más me gusta, dijo ella. Pronto verás tu retrato aquí hija. ¡Papá! ¿Aquí, en el museo del Prado?

El mundo invisible

Mario Alcalá

E L GÉLIDO VIENTO DEL invierno me golpea el rostro y, a pesar de ser como miles de agujas que me hieren la piel, lo disfruto; me hace olvidar todo lo demás. Estoy a unos pasos de la orilla y creo que ha llegado la policía; tengo poco tiempo para tomar mi decisión.

Verán, yo no quería estar en esta situación, soy joven, estoy sano, me alimento bien, hago ejercicio, tengo un buen trabajo, una bonita casa, en fin, una vida rutinaria, casi perfecta. No tenía ningún motivo para querer terminar con mi vida. Pero ya que estoy pensando en tiempo pasado les contaré cómo inició mi desgracia.

Un domingo, como de costumbre, salí a dar una vuelta en bicicleta; llegué a la pista localizada a unos cuatro kilómetros de casa y di alrededor de diez vueltas. Suelo dar cuatro o cinco, pero ese día tenía la necesidad de liberar algo de presión laboral; me esforcé a pedalear hasta el cansancio. De regreso sentía dolor en las piernas. A una cuadra de mi hogar hay una serie de boyas cuyo propósito es que los carros disminuyan su velocidad. Normalmente paso la bicicleta entre la última y la banqueta del camellón que divide los carriles de ida y vuelta. Al momento de bajar la velocidad mis piernas se dieron por vencidas y caí de lado como peso muerto. La caída fue de esas que parecen suceder en cámara lenta, ¿saben de cuáles? Caí sobre mi lado derecho y me golpee la cabeza contra el piso, pero no fue un gran golpe, si no fuera porque mi cabeza quedó llena de tierra, tal vez ni me hubiera dado cuenta del dolor. No sangré, no hubo contusión ni ninguna otra consecuencia visible. No sentí la necesidad de ir a que me revisaran.

Pero, siempre hay un "pero", a la semana comencé a notar cosas raras. Primero fueron detalles en el aire, movimientos apenas detectables por el rabillo del ojo, como si algo pasara volando a una gran velocidad y por más rápido que volteará no lograba distinguirlo. Luego empecé a notar como si chorros pequeños de agua que caían del cielo golpearan a la gente; por supuesto; la gente no se inmutaba ni parecía sentir nada.

Con el paso de los días mis visiones se hicieron más frecuentes, así que fui al hospital a que me hicieran un análisis. La teoría de mi médico era que había sufrido daño en el sistema ocular o tal vez una lesión o inflamación en el cerebro, así que me hicieron toda clase de estudios: tomografías, radiografías, estudios de retina, iris, etc. En todos el resultado fue el mismo: no había nada. Visiblemente frustrado, el galeno solo atinó a recetarme relajantes al atribuir mis visiones a estrés: la respuesta universal a todo mal.

Al pasar de los días mis visiones aumentaron en cantidad, variedad e intensidad. Empecé a ver líneas, ondas, rayos y vapores en todo momento y por todas partes. Lo único bueno es que gracias al aumento en mis visiones pude entender qué ocurría. Estaba viendo señales, señales de radio, de celulares, de telecomunicaciones; una llamada recibida por un celular en el bolsillo de un extraño en la calle yo la percibía como algo parecido a un chorro de agua que llegaba del cielo y se metía en sus pantalones. Las señales de televisión eran como trozos de estambre de colores que entraban cruzando paredes a las casas; las de internet así como otras tantas otras no tenían ni forma ni color fijo, a veces eran como líneas de humo, a veces como ondas de brea fundida. Al salir a la calle veía una telaraña de líneas, formas y colores jamás vistos cubriendo las calles, el aire, el piso de aquí para allá y de allá para acá. Algunas desaparecían rápidamente, otras se quedaban frente a mi como un tendedero. Al principio las trataba de esquivar hasta que me di por vencido, pues era imposible. La cantidad de señales era excesiva y conforme pasaban los días parecían reproducirse hasta el infinito.

Psicólogos, psiquiatras, homeópatas, brujos, encantadores, todos fueron consultados y ninguno pudo dar con una solución a mi problema, de hecho, estoy seguro que más de uno de ellos no creyó que mis palabras fueran reales.

La situación era por más extraña, pero era manejable, fuera de estar distraído por las señales el único efecto inmediato eran los dolores de cabeza, que cada vez eran más fuertes. Me imagino que era mi cerebro tratando de procesar todo el contenido visual que salía de la nada.

Después de unas semanas me di por vencido y, siendo la persona lógica que soy, comencé a planear cómo acostumbrarme para que mi vida cotidiana no se viera más afectada. Me anoté en un programa para aprender a vivir como una persona ciega y me conseguí un perro guía para poder tener los ojos cerrados la mayor parte del día. Empecé a hacer planes para renunciar a mi trabajo de oficina e irme a vivir al campo o a alguna otra zona más alejada de la vida citadina, donde, seguro, habría menos señales. Si era necesario me iría a vivir a un monasterio donde las señales no me alcanzaran, desgraciadamente todas estas ideas se vinieron abajo cuando empezó la segunda etapa de mi aflicción.

Fue un domingo en la noche, lo recuerdo perfectamente. Estaba encerrado en mi baño leyendo una copia del contrato que había firmado ese día en la mañana. Me habían contratado como cuidador de tiempo completo en una pequeña granja dedicada a la crianza de cerdos cuando una señal paso frente a mi: era como una masa de lodo de color tornasol que pasó volando de izquierda a derecha frente a mí y luego atravesó la pared de la regadera hacia el exterior. No habían pasado ni dos segundos desde que salió de mi casa cuando apreció de nuevo sobre su trayectoria y quedó suspendida en el aire frente a mi por unos segundos. Luego retomó su camino original. No me dio buena espina, sabía que algo iba mal, pero no sabía qué era.

Al día siguiente salí a la calle sin hacer mi imitación barata de ciego sin mi perro. Compré una nieve y me senté en el parque a observar las señales. Lo que a continuación voy a contar es real. Por primera vez desde aquella caída en bicicleta sentí miedo. Aun no terminaba de comer cuando noté un cambio en el comportamiento de las señales. Por lo regular la señal viaja de donde sea que salga a su destino buscando el camino más corto, nunca había visto que una señal se desviara o hiciera movimientos innecesarios; bueno, pues el caso es que comencé a notar que algunas señales se detenían por momentos al pasar frente a mi; otras, de manera atrevida, se me acercaban antes de seguir su camino. A pesar de que no me tocaban sentí que invadían mi espacio, sentí que las señales estaban conscientes mi presencia y mi capacidad de verlas y, a la vez, de reconocer su existencia.

En un par de días terminé de arreglar mis asuntos. Renuncié a mi trabajo, vendí mi departamento, vendí mis muebles y las pertenencias que no podría llevar conmigo, para moverme a la granja de cerdos. Tuve que hacer uso de mi vista, fueron los peores días de mi vida. La cantidad de señales era agobiante, en ocasiones no podía ver lo que tenía frente a mí, pues me ocultaban todo el panorama. No podía manejar para evitar un accidente y, lo peor, cada vez las señales eran más conscientes de mi existencia: se acercaban, me rodeaban y pasaban a través de mí antes de seguir sus caminos. Era terrible y asqueroso a pesar de no sentir nada. Lo único que me mantenía cuerdo era pensar que en dos días estaría en el campo donde esperaba que la cantidad de señales fuera mínima, donde esperaba poder vivir un poco más tranquilo; sin embargo, no fue así.

Desperté en la madrugada. Sentí que alguien me observaba y no me equivoqué. Al abrir los ojos tenía una señal frente a mí. Era como un espagueti color verde que se contoneaba de un lado a otro como tratando de hipnotizarme, replicando la danza grotesca de una cobra. Salté de la cama y corrí a encerrarme al baño, sabía que las puertas no la detendrían, pero tenía la esperanza de que al no verme siguiera su camino. Segundos después atravesó la puerta y siguió observándome. Luego de un momento me llené de ira y traté de alejarlo dando manotazos al aire, como espantando de mi cara un enjambre de moscas sobre un trozo de carne muerta. Pero en lugar de irse se acercó a centímetros de mí. Me quedé congelado y cerré los ojos rezando porque se fuera y me dejara en paz. En ese momento escuché cómo la señal se comunicaba o, al menos, intentaba comunicarse conmigo: era un sonido tenue, similar al generado por una lija contra la madera. Una hora después yo seguía acurrucado en el piso del baño; pero la señal había partido a cumplir con su propósito.

A partir de ese momento ya no hubo disimulo por parte de las señales. Ya no era solo lo que parecía una extraña curiosidad. Comenzaron a seguirme, a estudiarme, a analizarme a comunicarse conmigo en ese lenguaje rasposo que no puedo entender; ese lenguaje repetitivo que no me deja vivir en paz. Por eso estoy aquí, en el borde de este puente, a punto de terminar con todo. Tal vez esta sea la última vez que sepan de mí, o tal vez no, y la próxima vez que esa llamada no entre o se vaya su señal de WIFI o la imagen de la televisión se detenga es porque quizá me encuentro interfiriendo con su señal.

LOS HIJOS

Asael De Ávila

Doy testimonio de las palabras de mi hermano Rafe, hijo de Jared, y frente a su cuerpo, repito la historia que nos habló antes de morir en el camino:

Nos es prohibido contemplarlos, quien lo hace les rinde su voluntad, o es herido con ceguera o muere. Yo, Rafe, los vi y los confronté. Muestren mi cuerpo a los demás y cuenten esta historia, para que nadie olvide lo que sucedió esa noche y la calamidad que viene sobre nosotros.

Los había visto antes, cuando era niño. Mi padre y yo buscábamos dos cabras perdidas, cerca de donde dicen que un rayo partió la montaña. Algo flotaba y todos los colores brillaban a su alrededor y su aura era la del sol en los primeros rayos. Se mecía como sumergido en un mar invisible.

Mi padre se turbó al verlo y me tapó los ojos.

—No hagas ruido —susurró.

—¿Qué es? —pregunté tratando de ver por entre sus brazos.

—¡No lo mires! —susurró con voz temblorosa y me apretó contra su pecho.

No logré verlo bien, pero sé que él nos miraba.

—No debimos venir hasta aquí, nunca debimos venir —sollozaba mi padre.

Supe que el ser se acercó, emiten un sonido parecido al de las moscas cuando vuelan en los oídos, pero el sonido de ellos no se escucha, se siente en el pecho y tiembla la piel. Escabullí la cabeza para respirar, pues mi padre me apretaba con más fuerza y pude ver por un hueco entre sus brazos al ser que volaba.

El ser se quedó ahí observándonos, como un niño a un insecto sobre una hoja. Mi padre apretaba los ojos, no se movía y no volvía la cabeza y yo, aunque temía, no podía dejar de mirarlo. Extendió el brazo derecho y nuestras cabras salieron de detrás de él caminando. El ser elevó su mano y una cabra comenzó a elevarse, el resplandor que envolvía al ser, envolvió también al animal. El ser giró y la luz de su espalda, a manera de alas se expandió cual tienda ante el viento y se alejó rápido, entre un estruendo que nos derribó.

Mi padre respiró aliviado por unos momentos, tomó su vara y emprendimos el regreso con la cabra siguiéndonos .

—Son los enviados del Altísimo —Decía cuando caminábamos ocultos, entre los senderos de roca.

—¿Y porque estabas asustado? —pregunté

—Porque nuestra mente no está preparada para contemplarlos, podrías morir o quedar ciego y lunático como Yered, el loco. No dirás ni una palabra de lo que vimos, a nadie —dijo con voz firme.

El recuerdo y las historias de la gente me robaban el sueño cuando era niño, no por miedo, más bien por curiosidad, imaginaba hablar con ellos y tener unas alas de luz, me preguntaba si las estrellas que cruzan el cielo en la noche eran ellos.

Nunca los volví a ver, pero gente de nuestro campamento y de otros pueblos seguían contando historias de luces, llevándose los animales.

No podía dormir esa noche, pues me uniría a Pya al día siguiente. Miraba las estrellas por un agujero en el techo de la tienda como cada noche, pensaba en el día siguiente, en la vida con ella y en los nombres de nuestros hijos, hasta quedarme dormido.

Los gritos y gemidos inusuales de Yered, el loco, me despertaron. Yered corría desesperado en medio del campamento gritando cosas incomprensibles. Una presión en el pecho me despertó, cada pelo del cuerpo se erizó y quedé paralizado. Por un momento creí tener un mal sueño, pero lo descarté cuando el cuero de las tiendas se agitó con el viento y las luces, parecidas a relámpagos recorrían el campamento en un ruido ensordecedor, como cuando una mosca vuela en los oídos.

El ruido cesó, lentamente recobre la fuerza y los gritos comenzaron en toda la aldea. Salí de la tienda tambaleándome, intentando entender qué estaba pasando. Mi padre lloraba por mis dos hermanas, mi madre no se movía en su lecho, susurrando algo mientras miraba al cielo.

Corrí hasta la tienda de Pya. Su padre salió con la mirada perdida, levantando los brazos al cielo y por los gritos de su madre supe que Pya no estaba ahí.

Los ancianos reunieron a todos en el centro, entre el llanto y los ruegos del pueblo hizo el pase de lista. Faltaban solo mujeres, vírgenes en edad de concebir. Los ancianos, confundidos, determinaron ofrecer sacrificios diarios y elevar plegarias para el regreso de las hijas, pero el humo de los sacrificios se perdía en lo alto día tras día, lo hicieron hasta mermar las ovejas y no hubo señal de las mujeres, ni del Altísimo.

Yo no pude esperar más. A pesar de ser reprendido por la familia y algunos de la tribu, corté tiras del cuero que pude rescatar del altar, tomé otros trozos de la falda de las tiendas y restos de hueso y pedernal. Hice una honda y varias lanzas, me ceñí con cuero duro parte de los brazos y el pecho.

Emprendí el viaje cuando el sol daba la primera luz, ignorando el consejo, mi familia me vio partir, y a pesar de desearlo, no les devolví una última mirada. Morir buscándolas, fue mejor que vivir esperando.

Avancé hacia la montaña, a buen ritmo y aclarando la mente, como cuando íbamos a cazar. Me detuve a observar cuando llegué al pie, a buscar el camino para entrar en la grieta. Debería trepar, aunque fue más difícil, rodearla para subir el otro lado me tomaría más tiempo.

A cada paso, el terreno era más resbaloso y escarpado, parecía no desear ningún pie ahí. Continúe hasta el anochecer. Me recosté sobre una piedra plana casi oculta por la peña, descansaba pero no debía dormir, si las mujeres estaban ahí, habría de ver luces cerca.

Sin ver ni escuchar nada, pensaba si deciden brillar o solo son así, pensaba si en realidad esto sería algún regalo del cielo para la tribu, y si así fuera yo no debería haber subido. A pesar del esfuerzo, me dormí no sé cuanto tiempo. Me despertó ese sentimiento familiar en mi pecho, el zumbar que producen y vi la luz casi en la cima, se detuvo en lo alto y se perdió detrás de la montaña, en la grieta donde tal vez un día bajó Dios. Ya no pude dormirme después de verlo, esperaba el día con los dientes apretados, sabiendo que estaba cerca.

La mañana, nunca había durado tanto en llegar. Continué subiendo, entre piedras cada vez más flojas, si no tenía cuidado, le haría compañía a los esqueletos de cabra que vi más abajo. El aire se volvía más frío y delgado, y las manos temblaban al aferrarme a las rocas afiladas. Me detuve para renovar el aliento y pude ver muy a lo lejos figuras, me alegré al ver a los hombres de la tribu siguiéndome, pero no podía detenerme a esperarlos.

Escalé hasta el borde de la grieta, me detuve para observar. Las piedras trazan el largo trayecto, fácil para bajar pero no para subir cargando a alguien y no me detuve.

Pronto, el calor del día se convirtió en sombra, en silencio y desamparo, continué hasta tocar el fondo de la grieta. En tinieblas tan densas no veía a más de tres codos, encendí una tea, y avanzaba sosteniéndome de la pared de roca sin hacer ruido.

Donde la cueva cambia su curso vi un resplandor tenue y sentí que no debería estar ahí. Preparé una lanza en una mano, la honda en la otra y avancé, esperando ver a alguno de los seres, pero el resplandor venía desde dentro de las rocas pulidas, adornadas con símbolos brillantes, como carbones encendidos de colores distintos. ¿Cómo podría ser la roca pulida de tal forma la roca misma dar luz? Las toqué con cuidado y eran frías.

No tenía tiempo para asombrarme.

En una cámara más grande de la gruta había más rocas pulidas y con símbolos de luz y un zumbido tenue. Y pensé en volver, me acobardé por las cosas vi y no podía imaginar qué más había ahí, tal vez ningún hombre debería estar ahí, pero no me detuve.

La siguiente cueva era mucho más grande, oscura y tenía el olor de la muerte, temí lo peor, imaginé a Pya yaciendo sin vida.

—Pya, Pya respóndeme —susurré agachándome para tocar el suelo.

La tea alumbró el suelo y vi los huesos de ovejas y cabras, no pude contar cuántas. Sentía los huesos en los pies al avanzar, algunos de bestias más grandes o tal vez de humanos.

Avancé, susurrando sus nombres para no olvidar porqué me había metido ahí.

Un resplandor fuerte, como el sol sobre las rocas me alertó y un viento me puso sobre mis rodillas, la cámara se iluminó y sentía el calor de la luz en la piel.

Entonces vi a cinco seres, me rodearon y permanecieron ahí mirándome, su luz era muy intensa y me cegaba, luego disminuyó. Mi corazón quería escapar del pecho, cuando detrás de ellos, sobre las rocas pulidas vi a muchas mujeres dormidas, flotando en el aire y con el vientre hacia arriba, suspendidas por algún poder. Miré buscando a Pya, a Leah y Shohannah, a cualquiera de nuestra aldea, pero no podía reconocerlas, parecían casi muertas, su piel estaba pálida y pegada a los huesos, ya no tenían cabello y su vientre era terrible, enorme como a punto de estallar y su color no era ya el de la piel.

Supe que no solo eran mujeres de mi tribu, había muchas, debían ser de otros pueblos.

Me incliné llorando hasta tocar el suelo con la frente, y pedí fuerza para salvarlas. Los seres estaban ahí, mirándome hincado y ensordecido por el zumbar, su calor quemaba más que el sol del día. Me levanté empuñando la lanza para herir al que estaba más cerca, salté arrojando una lanza, pero se movió demasiado rápido haciéndome tropezar, me levanté de nuevo y agité la honda muy fuerte, solo podía escuchar el sonido extraño de las piedras al rebotar en las paredes de piedra pulida, ninguna fue capaz de golpearlos. Las mujeres flotaban demasiado alto para alcanzarlas, aun saltando con la lanza más larga. Saqué la última piedra y la lancé a una de las mujeres para despertarla pero la piedra no la tocó, se quedó inmóvil frente a ella. Aunque pudiera bajar a una, supe que no podría cargarla hasta afuera de la grieta por el tamaño de su vientre, y caí de rodillas llorando.

Una fuerza me tomó, me levantó del suelo, y me impidió moverme. Hablaban entre ellos en una lengua desconocida, y con poder me pusieron de rodillas sin tocarme; uno pasó su mano encima de la cabeza varias veces, cuando pasaba la mano sentía cosas incomprensibles dentro.

—Hombre, qué buscas en este lugar, estás lejos de tu aldea y de tu gente —Oí la voz de uno o de todos, no en los oídos sino dentro de la cabeza.

—Vine por ellas, las que se robaron, devuélvanlas, pues más hombres vienen detrás mío.

—Es necesario, Rafe...

—Aún podemos salvarlas si las llevan de vuelta, tal vez así eviten la ira de Dios a quien servimos —interrumpí.

—Es necesario ayudarlos en su encomienda: multiplicarse, señorear la tierra, dominar las bestias, las aves y los peces —respondieron alternando la palabra entre ellos, y su voz era calma, como si no hubieran hecho maldad.

—Esta es la tierra que Dios nos dio, comemos de su fruto, dominamos sus bestias, y comemos de las aves y los peces.

—Rafe, tu pueblo teme hasta a su propio creador. Se abrigan en el invierno, si fuera más largo morirían de hambre. Se esconden del sol en el verano bajo sus tiendas, comen solo lo que pueden alcanzar corriendo sobre sus pies y muchos han perecido en garras de las bestias, tragados por los ríos y el mar —dijo y colocó su dedo sobre mi frente.

Cuando me tocaba tenía visiones que aún no puedo entender. Extrañas piedras pulidas, altas y derechas, brillan bajo el sol como las piedras preciosas y por la noche las piedras dan su propia luz. Otras luces se movían, ríos de estrellas corriendo por el cielo y por la tierra.

—Nuestros hijos no tendrán miedo, serán tus hermanos Rafe. Les enseñaremos la tierra y los secretos que esconde, entenderán de qué está hecha, serán capaces de crear y destruir, entonces, en verdad dominaran la tierra.

Las visiones no cesaban, también vi inmensas columnas de fuego que llegaban al cielo. Vi la desolación y la muerte de muchos pueblos para la gloria de otros. Cuando abrí los ojos ya no podía ver, y mi piel estaba herida, como quemada por el fuego de las visiones.

Entonces, el que hablaba conmigo me tomó y a gran velocidad me sacó de la grieta, no podía ver a donde, buscaba a que aferrarme pero no había nada, pues el ser me llevaba con poder y no con sus manos, me trajo aquí, y me alegré de oír sus voces a lo lejos.

—Diles, que no deben temer más, todo ser viviente en la tierra temerá al nuevo hombre y será él mismo quien subirá al cielo —me dijo antes de extender la luz de sus alas y volar en un estruendo.

El árbol de la vida

Luis Fernando Rangel

AL GENERAL FIERRO LE gustaba colgar los cuerpos a los árboles. Era un gusto que adquirió durante las guerras y que conservó a lo largo de los años. Cada que se peleaba con alguien, la solución era colgarlo del árbol y verlo retorcerse. Disfrutaba verlos tirar patadas y manotear hasta terminar con la boca bien abierta y las extremidades quedaban como hilos. Por eso en el pueblo nadie le reclamaba nada. Todos lo respetaban o le tenían miedo; y para él, respeto y miedo eran la misma cosa.

Un día llegó una compañía maderera y comenzó a talar todos los árboles. Pero dicen que de todos los árboles que había en el pueblo, el único que no cortaron era el que estaba frente a la casa del general. Dijo que si lo tocaban, los iba a arrastrar por todo el pueblo al galope de su caballo. Nadie tocó el árbol y la compañía maderera, con el tiempo, se fue. Luego el general Fierro murió. La gente comenzó a plantar árboles y el pueblo se llenó de nuevo; sin embargo, todos saben cuál es el árbol donde el general Fierro colgaba los cuerpos de sus difuntitos. Ahora ese árbol sólo da frutos podridos.

GEMELOS

Luis Fernando Rangel

E L SEÑOR GUERRA PASEABA ansioso en la sala de espera del hospital. Su mujer llevaba tres horas en labor de parto y él sólo pensaba en la criatura que sostendría entre sus brazos.

—Serán gemelos —pensaba—, ¿qué haré con gemelos?

El doctor Salomón se lo había dicho la última vez que fueron a consulta. Imaginó su vida dividida entre dos pequeños varones.

Las puertas del quirófano se abrieron: el doctor Salomón salió sosteniendo una cobija azul entre los brazos. Sonrió y se dirigió al padre que, orgulloso por la felicitación de los posibles varones, infló el pecho. El doctor, después de un rato de contemplar su regazo con gran orgullo, le dirigió las primeras palabras mientras le extendía la cobija.

—Lo prometido es deuda —dijo Salomón.

Y le mostró sus brazos donde un niño yacía perfectamente partido por la mitad.

—Son gemelos —concluyó sonriente.

CALENDARIO

Luis Fernando Rangel

DESDE LA PRIMERA VEZ que lo vio, el pequeño Ignacio se sintió fascinado por el calendario que su padre llevó a casa. Lo colgaron en la pared de la sala. A Ignacio le parecía una obra de arte. Cada mes mostraba una postal hermosa. Pero cuando el año se acabó y su papá lo descolgó para cambiarlo por el nuevo, que no superaba al anterior, Ignacio le preguntó que por qué lo hacía.

—¿Qué acaso no todos los años son iguales?

Su padre no supo qué responder. Guardó silencio y dejó colgado el calendario. Desde entonces cada año era exactamente igual al anterior.

YEE NAALDLOOSHII

Damian G.

E MILIA BAJÓ AL JARDÍN y encontró a Salem maullando, aunque esta vez se escuchaba ronca.

—Ven, recuéstate. Debes tener frío —le indicó a la gata, palmeando el colchón a manera de invitación. Salem obedeció y acomodó su cuerpo junto al de ella.

El invierno azotaba con fuerza esa noche, y la calidez de la habitación arrastraba a Emilia en un sueño profundo. Minutos después, dormía plácidamente, ajena a los colmillos sangrantes cerca de su rostro. Nunca advirtió las sombras en el jardín, donde yacían los restos carcomidos de Salem.

La zapatilla roja

Lydia Martínez

¡No, POR FAVOR NO lo haga, se lo suplico, se lo imploro, por lo que más quiera, no lo haga!

Despiertas gritando, aterrada, recordando cada detalle de esa espantosa pesadilla. Afuera llueve con intensidad. Tu habitación se ilumina cada vez que un rayo cae. Con el corazón a punto de salirse de tu pecho tratas de volver a la calma. Fue sólo un sueño, fue sólo un mal sueño... vuelve a dormir, repites en voz alta una y otra vez. Tu voz entrecortada se pierde cuando el estruendo de un relámpago se escucha. Te sientas en la cama. Tratas de respirar hondo y profundo. Transcurren algunos segundos, minutos tal vez, cuando te recuestas de nuevo, e intentas conciliar el sueño. ¿Qué hora es? La duda asalta tu mente. Tomas el celular, son las tres de la madrugada. El sueño se ha esfumado junto con tu tranquilidad. Entonces, los recuerdos de él embisten tu corazón. ¡Cómo hubieras deseado que estuviera contigo esta lúgubre noche! Pero se fue, el muy hijo de perra. Tu corazón desolado se encoge. Justo cuando la tragedia te alcanzó, desapareció de tu vida. Te sientes sola, más sola que nunca. Piensas en la venganza justa para aquel traidor malnacido. Imaginas varias situaciones para el ajuste de cuentas.

Cuando estabas aún en el hospital desapareció. Se mudó de casa. Te bloqueó en todos los sitios y redes sociales. Imaginas cómo contratarías a un matón a sueldo para que lo mate... ¡No! Sólo una buena paliza que lo deje tullido, o que le marque la cara. Tal vez pudiera incendiar su casa. ¿O sería mejor fraguar un atraco y robarle todas sus cosas? Crees mejor contratar a alguna zorra sin escrúpulos para que lo enamore, se lo lleve a la cama y ahí tras suminístrale algún somnífero cortarle el pene o mejor aún, inyectarle algún virus letal... ¿o por qué no ambas cosas? El maldito perro lo merece. ¡Claro que te encantaría presenciar la escena! Así que, te esconderías en el closet o debajo de la cama. ¿Y si ya tiene una nueva pareja? ¡A ella sí, que la maten! Tus manos tiemblan. El odio llena tu corazón. Golpeas la almohada. Gritas con todas tus fuerzas. Aprietas los puños. ¿Qué tal si le mandas amputar los brazos? Puedes también comenzar a hablar pestes de él en las redes sociales, después de todo tú eres la víctima abandonada por un gusano malnacido e ingrato. Puedes también contratar a un sicario para que lo secuestre unos días y lo torture. Podría córtale los dedos de las manos y luego soltarlo desnudo en alguna avenida. Podrías comenzar a torturarlo con cosas pequeñas como mandar a que le rayen su amado auto hasta que sí, termine sin su amado falo y con un virus letal en su asqueroso torrente sanguíneo donde en lugar de sangre fluye mierda.

Tu respiración es agitada. Sientes que te ahogas, que te falta el aire. Lágrimas resbalan por tus mejillas. Al sentir tu cara empapada tratas de alcanzar un pañuelo desechable. Estiras tu mano hasta el buró, pero la caja no está ahí. Al encender la lámpara no los ves por ningún lado. Recorres con la mirada toda la habitación. No están en la cómoda, ni en el tocador, ni sobre el librero. Se te ocurre entonces buscarlos debajo de la cama. La caja de desechables no está tampoco ahí. Una hermosa zapatilla roja de charol es el único objeto que visualizas. ¿Qué es eso? Una duda inquietante violenta tu cabeza hundiéndola en perturbadora incertidumbre. Tú no usas zapatillas. Vives sola. No recibes visitas de nadie. ¿De dónde salió ese zapato? ¿De quién es? El objeto de tu reciente desasosiego se encuentra justo debajo de ti, así que sólo basta estirar tu brazo para alcanzarlo. Es una zapatilla realmente fina y hermosa. El tacón del doce, del pie derecho y por lo que puedes notar apenas se ha usado porque la suela muestra muy poca suciedad. Experimentas confusión y horrorizada recorres de nuevo la habitación con tu mirada buscando una explicación. Un escalofrío circula por tu espalda. ¿Quién anda ahí? Se escucha tu grito ahogado en resquemor. Sólo el estrepito de un rayo cercano se percibe. Das un brinco.

Sostienes la zapatilla con tu mano derecha, mientras que con la izquierda tomas tu medicamento del buro. Echas una pastilla (antidepresivo) a tu boca y así sin agua, la tragas. Tu mirada regresa a la zapatilla, mientras que tus pensamientos se vuelcan en pánico. La pregunta sin respuesta emerge de nuevo de tu garganta: ¿Hay alguien ahí? El silencio es la respuesta que obtienes. Te gustaría levantarte de la cama y buscar por toda la casa al responsable de haber dejado ese objeto debajo de tu cama... pero no puedes hacerlo, por más que lo desees. ¡Cómo te gustaría volver a ser la misma mujer que solías ser! Afuera la lluvia pierde fuerza, así como tú la has venido perdiendo durante meses enteros. Tomas un tiempo observando aquella fina zapatilla de nuevo. Sí, recuerdas que alguna vez, usaste zapatillas así. Llegaste a tener decenas de zapatillas, de todas formas y colores. Lucías unas hermosas piernas, despertando la admiración de hombres y la envidia de muchas mujeres. Suspiras profundo. Los recuerdos refrenados regresaran. Él, de nuevo él. El que partió abandonándote con el corazón hecho añicos. Rompes en llanto. ¡Cómo quisieras borrar ese horrido capítulo de tu vida! ¡Quisieras poder regresar el tiempo y evitarlo! Aquel fatal accidente que destruyó tu vida, esa fatal tragedia reproducida tan nítidamente esta noche durante la pesadilla recién sufrida.

Aquella fatal noche llovía, justo como ahora. Conducías por la interestatal cincuenta y ocho. Aquel auto te perseguía y terminaste impactada en un camión. Quedaste atrapada. Los rescatistas y paramédicos no lograban sacarte de los fierros retorcidos que comenzaban a arder en llamas. Fueron momentos complicados. Tuvieron que amputarte tu pierna derecha ahí mismo para poder salvar tu vida. Aquella lluviosa noche usabas un lindo vestido negro y unas elegantes como costosas zapatillas rojas de charol. Aquella lluviosa noche le gritabas desesperada a un paramédico: ¡No, por favor no lo haga, se lo suplico, se lo imploro, por lo que más quiera, no lo haga!

SACRIFICIOS

Mario Alcalá

*L*A PANTALLA DEL CELULAR *cambió súbitamente y empezó a mostrar el rostro de un joven......Grabando.*

La decisión fue fácil, casi obligatoria. No podría vivir conmigo mismo de haber seguido con cualquier otro plan, iba a buscar a ese desgraciado para hacerle pagar lo que le hizo mis amigos. Tengo que apurarme, no puedo permitir que se me escape.

El auto dio vuelta de manera peligrosa para atravesar la reja abierta de par en par y dirigirse, bajo la lluvia nocturna, hacia la universidad.

Esto no es una confesión, bueno, quizá sí lo sea, pero no de mi culpabilidad, de igual manera sé que lo que diré no lo creerá nadie, pero espero dejar suficientes pruebas para que por lo menos investiguen lo que pasó aquí y lo que está por pasar.

Mi nombre es Steven, hasta el día de ayer estudiaba mi último año de Medicina General en la Universidad de Especialidades Médicas de Oregón. La universidad era mi hogar y mi centro de trabajo, pues para pagar mis estudios tenía que trabajar en ella. Llegué a ocupar un puesto en la cafetería, ahí conocí a Mónica y a Charlie; en la morgue, en el laboratorio de biología, conocí a Dan, y mi último trabajo fue en el laboratorio de patología donde conocí a Jimmy y Eli. Ellos cinco fueron mis mejores amigos

El auto se detuvo frente al edificio principal de departamentos estudiantiles. El joven pausó la grabación de su celular y entró corriendo al edificio para salir quince minutos después con dos mochilas, una grande, de las que se usaban para transportar balones y otra para llevar libros. Subió al auto y se dirigió hacia el edificio central del campus que servía de rectoría y albergaba los laboratorios de investigación.

Todo empezó como una broma entre nosotros, nuestro profesor de Hematología había pedido un año sabático y fue reemplazado por un profesor recién llegado de Europa de nombre Sid Lugo. El nuevo profesor, físicamente, no era relevante, parecía cualquier vecino que sale a cortar el césped los domingos pero su apariencia era extraña: jamás sonreía, no platicaba con nadie, no parecía entender, ni importarle ninguna referencia de la cultura o de los hechos mundiales. Lo más perturbador era la forma en que miraba a Eli, como si quisiera meterse en su cabeza o en su alma, de ahí surgió la broma entre nosotros, de que el profesor era un degenerado sexual en busca de su próxima víctima

De nuevo el auto se detuvo y se repitió la escena: el joven descendió, entró al edificio y salió en unos quince minutos para retirarse a toda velocidad.

Eli desapareció el viernes, hace cuatro días. Muy poco tiempo para que las autoridades se movilizaran de manera activa. Su teoría era que se había ido a acampar, o de viaje de fin se semana y había tenido algún inconveniente para regresar a clases. Debíamos esperar al menos una semana para ver si se comunicaba o regresaba a las clases. Y sí, tenían algo de razón, Eli solía tomar esos viajes al menos cada tres o cuatro meses, dependiendo de la carga escolar y del trabajo, el problema era que esos viajes los tomaba junto con nosotros.

El auto dejó atrás el campus, se dirigía a la ciudad, la lluvia había cesado.

El lunes Jimmy y yo llegamos a trabajar pensando en toparnos con Eli en el laboratorio, pero de ella lo único que encontramos fue su celular, completamente descargado y colocado en una base sobre el monitor de su computadora, apuntando hacia una silla vacía tirada en el piso, inmediatamente lo pusimos a cargar y avisamos al resto de nuestros amigos para que acudieran al laboratorio. Cuando llegaron ya teníamos su teléfono cargado a la mitad, en espera de que Dan lo desbloqueara, no es que supiera cómo hacer eso pero conocía la clave de Eli porque le ayudaba a grabar videos para subir a redes sociales. Al revisar la sección de sus videos encontramos uno de más de dos horas de duración. En él se veía a Eli sentada trabajando en la computadora quejándose de cómo había tenido que ir a trabajar el viernes en la noche por una asignación de uno de sus profesores, apenas había terminado de hablar cuando entró detrás de ella el profesor Lugo, después la golpeó en la cabeza para llevársela inconsciente, arrastrándola fuera de la toma del celular.

El auto se estacionó frente a una iglesia, la rutina se repite, el auto se retira.

Estuvimos hasta bien entrada la noche discutiendo qué hacer. Insistí, enfático, en acudir a las autoridades, pero el resto de mis amigos querían ir de inmediato a buscar al profesor y rescatar a Eli. ¿Qué podría hacer una persona contra cuatro jóvenes encabronados? No logramos llegar a un acuerdo; mis amigos se dirigieron a la casa del profesor y yo me dirigí a la estación de Policía. Los abandoné.

El auto bajó la velocidad al entrar al fraccionamiento, apagó las luces mientras el joven buscaba una casa en particular.

Me encontraba afuera de la estación de policía, pensando en qué iba a decirles... cuando llegó el video. Era del celular de Mónica, lo abrí. Lo que vi provocó que me orinara ahí mismo. El video iniciaba con un enfoque de la cara de Mónica, estaban afuera de la casa del profesor y ella estaba narrando lo sucedido a Eli. Quería grabar todo lo que iba a suceder para que no hubiera duda alguna de lo que el profesor planeaba o había hecho, la toma cambiaba y ahora enfocaba a la espalda de los demás, ya habían abierto la puerta trasera de la casa y estaban ingresando tratando de no hacer ruido. No bien habían entrado cuando algo saltó sobre ellos. El video era confusión total, vi a dan volar por el aire y estrellarse de cabeza contra una pared, algo parecido a una lanza atravesó la cabeza de Charlie y cayó al suelo; Mónica seguía grabando pero no dejaba de gritar, el celular se agitaba de un lado para otro. Jimmy entró en la toma corriendo hacia la salida solamente para ser atrapado por un brazo. El profesor apareció detrás del brazo sonriendo: su sonrisa se fue abriendo de una forma antinatural y de las comisuras de sus labios, que ahora casi tocaban las orejas, surgieron dos conductos carnosos que se enterraron en Jimmy, uno en el pecho y el otro en la espalda. El cuerpo de Jimmy se empezó a secar mientras el profesor le succionaba la sangre y la vida. La toma mostró momentáneamente a la aterrorizada Mónica, mientras me enviaba el video, después todo fue oscuridad.

El auto se estaciona frente a una casa, el joven comienza a sacar objetos de sus mochilas.

Desistí de la idea de ir a las autoridades, era mi deber vengar a mis amigos, morir intentándolo o ambas cosas. Yo los había dejado morir solos; yo debería haber estado con ellos en casa del profesor pero decidí no cometer el mismo error que ellos, si iba a enfrentar a su verdugo debería ir preparado, ellos habían dado su vida para que yo supiera que me enfrentaba a un vampiro.

El joven se acerca a la casa, la puerta principal esta semiabierta.

Estoy listo, armado con una ballesta de repetición cargada con flechas de madera y hierro mojadas en agua bendita; en el pecho, brazos y cuello llevo una cota de malla para protegerme de los ataques de sus extremidades; debajo de la cota y en mis brazos llevo tatuados varios tipos de cruces y símbolos de protección tanto paganos como cristianos. Espero que algo de todo esto funcione. Voy a subir esta grabación, los videos de Eli y de la muerte de mis amigos a todas las redes sociales, si no vuelven a saber de mi espero que sirvan para que alguien haga justicia.

EPÍLOGO

El joven entró a la casa, el aire apestaba. Lo causaban los restos de sus amigos, secos y marchitos como viejos pergaminos sin una gota de sangre en ellos, el vampiro se encontraba sentado en la sala un sillón reclinable, lentamente se levantó mostrando sus ropas llenas de sangre seca y empezó a sonreír mientras acortaba la distancia que lo separaba del joven pero se detuvo desconcertado, no porque el joven le apuntara con su arma, eso lo había enfrentado miles de veces en su larga vida, sino porque el joven también sonreía de una manera enfermiza: el vampiro sintió miedo.

EPÍLOGO II

Verán, Steven sabía que sus probabilidades de salir victorioso por sus méritos eran escasas, si no es que nulas, así que antes de ir a visitar al profesor había pasado por los laboratorios de la universidad y se había robado e inyectado todo tipo de enfermedades sanguíneas desde hepatitis, hasta VIH, pasando por malaria, sífilis y brucelosis. Steven sonreía al saber que a ambos se los cargaría la chingada.

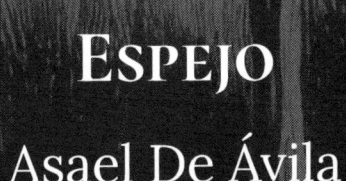

Espejo

Asael De Ávila

M I NACIMIENTO FUE DESDICHA para quienes lo presenciaron. Nací enfermo. Un día después apenas respiraba; se apresuraron a recluirme en esta casa donde vivo desde hace siete años. Muebles tapizados de polvo y paredes roídas por el moho adornan mis días. Mi presencia provoca ganas de volver el rostro a un lugar menos miserable, puedo notarlo aun siendo casi ciego. Los he escuchado llorar detrás de la puerta.

Lo más parecido que tengo a una amistad, hasta hoy, es la de un gato pardo, es joven, pero también disfruta de mirarme despectivamente antes de saltar desde los muebles. En ocasiones se escapa por días y cada vez me pregunto si es el último día en que vendrá, pero siempre vuelve a esta celda donde me custodian el dolor y el abandono.

No me alimento a diario, pero he ganado un poco de peso este año y aun así estoy desnutrido. Mis familiares se turnan para llevarse los desechos. Y aunque aún no lo hacen voluntariamente, ya parecen estarse acostumbrando.

Vivo hastiado de la dependencia, son siete años y aún soy incapaz de tomar un baño sin ayuda. Anhelo salir de aquí, correr a donde sea, largarme por semanas, igual que el gato.

No hay un solo día sin dolor. Mis miembros lanzan dados para decidir quién me tortura hoy. Duermo a la caída del sol y despierto al día siguiente o tal vez el día anterior. Recibo la luz del sol sentado frente a la ventana mirando hacia el oeste y pierdo la mirada en el amanecer.

Debo guardar en frascos pequeños los desechos que expulso por la boca, mi olor ya es igual al de esas sustancias. Las agrupo en pequeños vasos de colores, como una fiesta en honor a mi pesar. De vez en cuando, una enfermera aparece por la puerta y me extrae líquidos con una jeringa, a veces me extraen botellas enteras y se llevan todo al hospital.

Es necesario continuar, viviré así los próximos años. Sé que serán muchos, lo sé por mi condición actual. De no haber nacido así, habría de preocuparme, no todos los años serán iguales a estos siete.

Encuentro consuelo en mi destino cuando el dolor arrecia, pero el hombre del espejo me mira y dice que cada año me llenará más de vida. Cada año será más lento que el anterior, me irán puliendo pacientemente, curando el dolor, ajustándome como un relojero a su obra. Las décadas me verán ir con una mirada de madres orgullosas, y yo sin voltear atrás, dejaré en cada una un poco de quien soy y un poco de lo que conozco. Seré perfeccionado, hasta el día en que la mujer de la fotografía en la pared, a quien miro a diario, pueda nutrir su cuerpo digiriendo el mío, porque para esto fui gestado durante décadas en las tinieblas, el frío y la soledad. Mis huesos son de polvo endurecido por el tiempo y recubiertos de sustancias creadas por gusanos, dedicados al arte de construir un cuerpo desde la tierra.

El Tiempo es nuestro padre y esta es su ley, para los creados de la tierra, por el fuego, por la nieve, para los expulsados desde el mar, y los salidos de profundos acantilados. Cada generación debe nutrirse de la anterior y olvidar su existencia, cualquier vestigio de identidad, conocimiento y razón será desintegrado. Las especies y los eones serán consumidos por la nada que avanza implacable y constante, hasta que el tiempo, el espacio y la materia sean de nuevo uno, y sea otra vez el principio de este universo, donde el tiempo transcurre al revés.

DESCENSO AL INFIERNO

Damian G.

I – Descenso

POCO SABEMOS DE LA vida después de la muerte. Es aterrador sólo pensarlo. Mientras cavilo, las gotas de lluvia se deslizan en la ventana. Se arrastran hacia su fin, como todos nosotros.

Una vez más despierto de un sueño profundo y lo único que me acompaña es el silencio. Mi cuerpo se mueve por inercia y el corazón palpita por costumbre. El sabor amargo del café pierde su fuerza con cada trago; así como el fuego disipa su candor. Leo las páginas de este libro carcomido por polillas. Indeseables insectos, los aborrezco a todos. En especial a las moscas. Me siguen de cerca, se posan en mi piel y muerden. Su zumbido atraviesa mis oídos.

Cuánto he cambiado. Me observo en el espejo. Tengo ojeras pronunciadas. Las cuencas se me hunden. Mis comisuras decaen como arcilla en el agua. Algunos me han dado por muerto, pero se equivocan. Aun me aferro a esta vida sin importar que mi carne se convierta en hongos y polvo.

II – Amparo

Los copos de nieve descienden del firmamento, como si los cielos bordaran su pureza en el aire. Me inquieta ser cubierta por esas plumas. Se posan con suavidad en mi rostro, enfriándolo al contacto. Son tan frágiles que, al mínimo roce de mi piel, se desintegran. Tal como lo es la tentación. Pues cuanto más débil es la víctima, con mayor presteza sucumbe a las seducciones del pecado. Instaurados en carne, la humanidad está destinada a la corrupción.

Dicen que una mujer nos arrojó al mortal vacío de la perversidad. Una inocente condenada por la malicia ajena. Un ciclo que se repite siglo tras siglo. Nosotras somos quienes cargamos con el yerro de otros. Desvergonzados, infames. Escapan de sus iniquidades como cucarachas que huyen de la luz. Dejan atrás el peso de sus traiciones. Mientras, sufrimos en el silencio. Ha sido suficiente, me niego a seguir esa senda. Arrancaré con mis uñas la tierra gélida con tal de surcar mi propia ruta. Salvaré a mi hogar y esposo de la pena. No importa si he de derramar mi sangre. Protegeré al hombre que he decidido amar, expiaré su alma. Su adulterio será redimido.

He aquí el momento de su salvación. El cielo nos contempla y baña de blanco puro. Cubre su cuerpo como un sudario. El frío y la pena ahora le son ajenos. Lo he salvado. Esta es mi última plegaria. El sacrificio final. Las almas que se amaron en vida se fundirán en la eternidad. Nuestro amor lo hará. No importa si este es mi aliento final, porque sé a donde voy. Me inunda el calor de mis venas. Se deslizan como un riachuelo entre los surcos de mi cuerpo. Lentamente la oscuridad se cierne sobre mi rostro. Ahora la llama de los perdidos me ha atrapado.

III – Oblación

Ante la desgracia de estas tierras flacas y cenizas, el pueblo se abalanza contra nosotros: nobles de nacimiento; exhumados de la decadencia desde la cuna. Mas con el paso de los años la guerra ha cobrado gran parte del oro y ganado. Ahora nos vemos como ellos: huesudos y opacos. Por la noche los buitres cantan nuestros nombres, pero no serán complacidos. Este pueblo, al que mi familia ha dedicado generaciones de reinado, paga ahora el sacrificio de nuestra sangre con su propia carne. Aunque duros, sacian nuestros estómagos. Un pago justo por décadas de prosperidad.

IV – Ángel caído

"Los demonios le rogaron a Jesús que no los mandara al abismo."
Lucas 8:31-34 Edición: Reina Valera 1960

Cuando el otoño toca la puerta, la belleza de las flores cae por la ventana. Es cómico. La vida misma está destinada a la extinción. Esta verdad no es para todos. Algunos se vuelven adictos a estos pensamientos y mueren en vida. Se pudren dentro de sí mismos. Lo niegan, sin embargo, es inevitable. Incluso el amor tiene un final: el odio. Temerle es natural. Somos seres frágiles, susceptibles al mínimo cambio. Aunque lo nieguen, nuestra naturaleza es visceral. La felicidad es endeble. Puede acabar por un recuerdo vago, las palabras de un extraño, el juicio en la mirada de un tercero, todo nos puede sepultar en el seno del dolor. Caemos en picada hacia lo profundo de nuestro ser. Pocos tienen el valor necesario para soportar la mirada del abismo interior.

Me he dejado sucumbir por él. Abracé la oscuridad de mi alma y me volví más sabio. No lo soportaron. No reconocen que sin oscuridad no existe la luz. Les he mostrado aquello que aborrecen en público y aman en secreto. Su verdad. Mi verdad. Nuestra realidad. Festejaron mi hallazgo en la comodidad del anonimato. Pero ahora que ha salido a la luz, me repudian en público. Hipócritas. De cualquier modo, volverán y estaré aquí para abrasarlos con mi justicia. En tanto vagaré por el mundo hasta encontrar un espíritu afín. Alguien con quien compartir mi derrota. Pues mi destino ha sido sepultado y no tengo otro camino. Sólo el mío. He caído como la pluma de un ave que se desprende en pleno vuelo; y de la misma forma vagaré. Rugirá mi rabia como los leones. Caerán los débiles ante mi presencia. Huirán a la luz, ahí donde no puedo tocarlos. Pero no todos serán salvos.

¡SÍGUENOS Y AULLEMOS JUNTOS!

OTROS TÍTULOS
DE NUESTRO CATÁLOGO

Made in the USA
Middletown, DE
04 November 2025

20698608R00066